# 我的父亲母亲

——钟炳昌与张曼

钟 洋 著

中国社会出版社
国家一级出版社·全国百佳图书出版单位

图书在版编目（CIP）数据

我的父亲母亲：钟炳昌与张曼／钟洋著 .—北京：中国社会出版社 ,2021.4（2024.8 重印）

ISBN 978-7-5087-5605-9

Ⅰ.①我… Ⅱ.①钟… Ⅲ.①回忆录—中国—当代 Ⅳ.①I251

中国版本图书馆 CIP 数据核字（2021）第 035203 号

## 我的父亲母亲——钟炳昌与张曼

出 版 人：程 伟
终 审 人：尤永弘
责任编辑：陈贵红
装帧设计：时 捷
出版发行：中国社会出版社
（北京市西城区二龙路甲 33 号 邮编 100032）
印刷装订：永清县晔盛亚胶印有限公司
版 次：2021 年 4 月第 1 版
印 次：2024 年 8 月第 2 次印刷
开 本：170mm×240mm 1/16
字 数：150 千字
印 张：10.5
彩 插：24
定 价：58.00 元

版权所有·侵权必究（法律顾问：北京玺泽律师事务所）
凡购本书，如有缺页、倒页、脱页，由营销中心调换。
客服热线：(010) 58124852 投稿热线：(010) 58124812 盗版举报：(010) 58124808

1955年,钟炳昌被授予少将军衔

钟炳昌胸前佩戴三枚荣誉勋章：中华人民共和国一级解放勋章、中华人民共和国二级独立自由勋章、中华人民共和国三级八一勋章

2005年,钟炳昌九十华诞

钟炳昌与张曼金婚纪念

年轻时的张曼

入朝作战前的张曼

晚年时的张曼

庆祝张曼生日

相依相守

白头到老

笑迎钻石婚

相濡以沫

桂林留影

1986年,钟炳昌与张曼在桂林风景区

1987年8月,钟炳昌(第一排左二)参加石家庄解放四十周年纪念大会

1987年8月,钟炳昌(左一)和张曼(右一)参加石家庄解放四十周年纪念活动

1995年，钟炳昌在中国科学院为其举办的80寿辰会上讲话

1995年，钟炳昌身患淋巴癌，张曼到北京医院看望丈夫

1996年2月,钟炳昌与张曼在北京住所

1997年7月,钟炳昌与张曼在天安门广场香港回归花坛前留念

秀外慧中

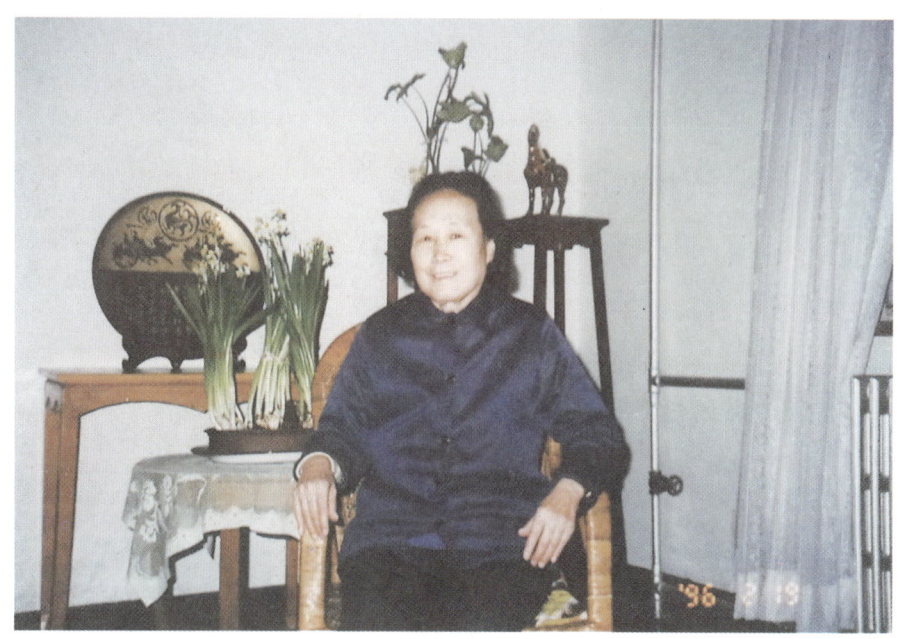

和蔼可亲

1999年，钟炳昌参加中国科学院建院50周年活动

2008年9月,中科院院长路甬祥与钟炳昌(左)亲切交谈

2008年,中科院院长路甬祥(前排右一),
中科院秘书长邓麦村(后排右一)与钟炳昌及钟炳昌女儿钟野丽、钟娜合影留念

2010年,在北京医院住院期间,钟炳昌仍孜孜不倦地学习

钟炳昌与女儿钟娜(右)在潭柘寺留念

2011年，钟炳昌（左）与中国科学院院长白春礼合影

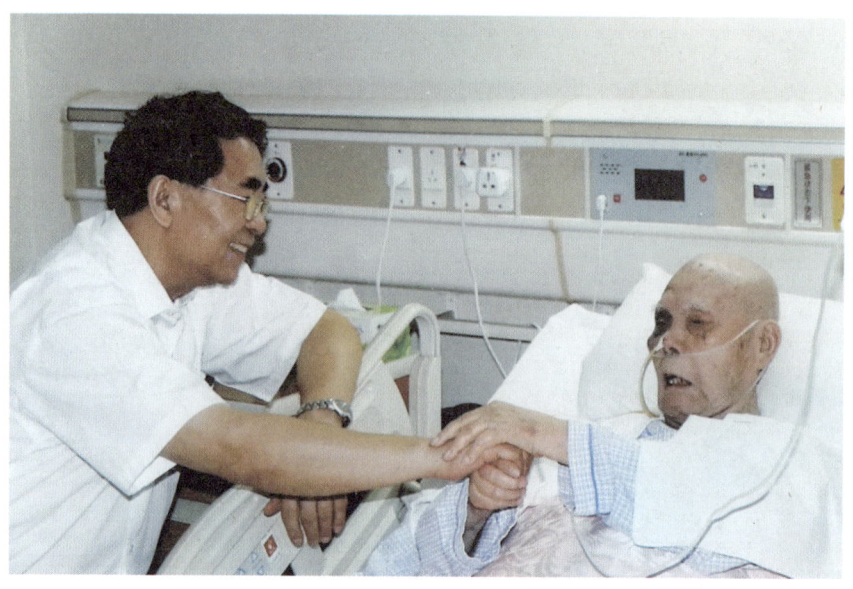

2015年，中国科学院院长白春礼到北京医院看望钟炳昌

游潭柘寺

游漓江风景区

晚年时的张曼

晚年时的钟炳昌

钟炳昌与张曼参加中国科学院为其举办的金婚纪念活动,由女儿钟野丽(右一)陪同

钟炳昌、张曼与女儿钟野丽合影

作者钟洋与母亲张曼在北京住所合影

作者钟洋陪父母钟炳昌和张曼参加石家庄解放四十周年纪念活动

慈祥的父亲钟炳昌

钟炳昌（左二）在中国科学院纪念红军长征胜利60周年大会上，左一为钟洋、右二为钟野丽

在山西阳泉,女儿钟娜陪父亲钟炳昌参加纪念活动

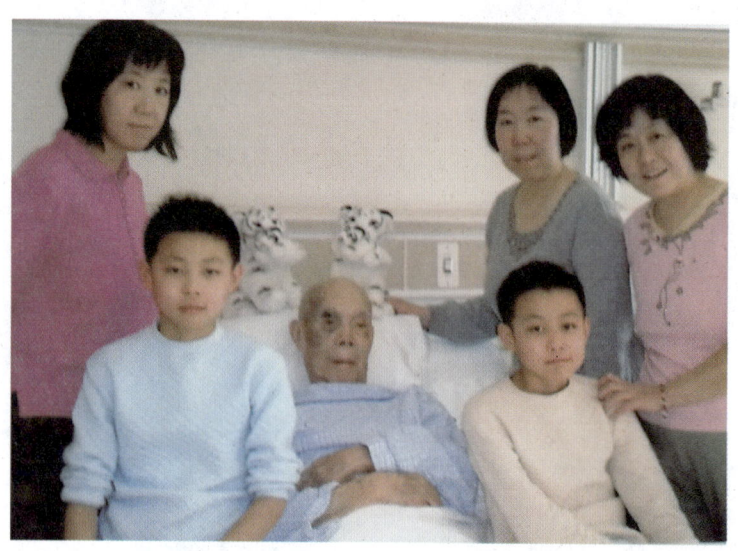

作者钟洋(左一)与姐姐钟野丽(右一)、钟娜(右二)及钟炳昌的两个外孙曹家钟(左一)、曹家华(右二)和父亲钟炳昌在北京医院合影

# 写在前面的话

我的父亲钟炳昌，1932年以不足弱冠之龄参加了红一方面军，跟随党中央毛主席走过了二万五千里长征，爬过五座雪山，走出人迹罕至的草地，冲破敌人四道封锁线，经历了湘江战役、四渡赤水战役、飞夺泸定桥战役、腊子口战役、吴起镇战役等重大战役。

抗日战争及解放战争时期，父亲参加了平型关战役、百团大战、解放石家庄战役、平津战役、太原战役、绥远战役等重大战役，1950年10月，参加了抗美援朝第一至四次战役，戎马生涯近四十年，为新中国的成立及抗美援朝战争的胜利作出了重要贡献。

1955年，父亲被授予少将军衔，并荣获中华人民共和国一级解放勋章、二级独立自由勋章、三级八一勋章，这是父亲一生的光辉写照。

1965年，为了响应毛主席的号召，父亲从军队选派到地方工作，在建筑材料工业部、四川三线建设及中国科学院工作期间，他为政清廉、简朴一生；他德高望重、高风亮节，始终保持共产党员的本色。父亲的革命信念、崇高品德和优良作风永远值得我们学习。

我的母亲1938年参加革命，从白求恩军医学校毕业后，奔赴前线，抗日战争时参加了百团大战、护秋战役等，解放战争期间，参加了解放石家庄战役、绥远战役、平津战役、解放太原战役等。在战场上，她冒着枪林弹雨奋不顾身抢救伤员，挽救了无数中华儿女的生命，使他们重返战场，杀敌立功，为新中国的成立作出了贡献。

母亲转业到地方工作后，继续为祖国医学事业奋进不止，离休后发挥余热，继续在基层工作，受到了基层单位的赞扬。凡是母亲工作过的地方，都留下她砥砺前行的足迹。在母亲几十年的革命生涯中，她胸怀坦荡、廉洁奉公、艰苦朴素，永葆革命本色不变。

谨以此书——
献给走过几十年非凡征程的父亲和母亲！
献给永远怀念的父亲和母亲！

钟 洋 钟 娜 钟野丽

2020年10月

# 目　录

第一章　回忆往事 …………………………………（1）

　一、投身革命 ………………………………………（1）

　二、相濡以沫两伴侣 ………………………………（5）

　三、老有所为 ………………………………………（8）

　四、勤俭持家 ………………………………………（10）

　五、与疾病顽强抗争 ………………………………（13）

　六、忆父亲 …………………………………………（17）

　七、情系将军园 ……………………………………（27）

　八、不忘初心　铭记历史 …………………………（33）

　九、传承红色记忆 …………………………………（36）

第二章　支援四川三线建设 ………………………（40）

　一、初临四川 ………………………………………（40）

　二、呕心沥血 ………………………………………（42）

三、实地考察四川 …………………………………… (47)

　　四、永葆革命本色 …………………………………… (52)

第三章　在中国科学院的日子里 ……………………… (57)

　　一、从三线建设到中国科学院 ……………………… (57)

　　二、整顿党风　勤政廉洁 …………………………… (64)

　　三、绞尽脑汁 ………………………………………… (76)

　　四、率先垂范 ………………………………………… (84)

　　五、院领导的关怀 …………………………………… (97)

第四章　难忘的岁月 …………………………………… (106)

　　一、幽居的日子 ……………………………………… (106)

　　二、谱写生命之歌 …………………………………… (116)

　　三、A511 病房的灯光永远亮着 …………………… (135)

　　四、最后的时刻 ……………………………………… (148)

　　五、永远的怀念 ……………………………………… (155)

后　记 …………………………………………………… (161)

# 第一章 回忆往事

## 一、投身革命

我的母亲张曼,1924年生于河北省行唐县,由于外祖父家里期望母亲青云直上,为她取名张青云。母亲有三个哥哥,她是家里唯一的女儿,从小聪明伶俐,人也长得漂亮,是父母的掌上明珠。据母亲讲,我的姥爷是当地闻名的老中医,擅长看儿科病,当时家里的生活条件不算富裕,但温饱是没有问题的。母亲十几岁就在当地教书,生活过得平平稳稳。

1937年七七事变爆发后,抗日烽火燃及行唐县,日军烧杀抢掠、无恶不作的种种罪行,使母亲义愤填膺,她在学校宣传进步思想,积极参加抗日救亡活动,她和侄女张彤坚决要求参加八路军。她们一起找到时任一二九师团长田博荣，要求报名参加八路军，田团长很惊讶，问她俩："战场上子弹是不长眼的，打仗是要流血牺牲的，你们女孩子还是留在家里安全。"她俩说："我们不怕死，怕死不革命。"田团长看到这两位铁了心要参加八路军。田团长说："好，我同意你们参加八路军，但是行军打仗是要吃苦的。"母亲说："八路军能吃的苦，我们一样也能吃。"田团长非常赞赏她们的胆量，他即刻写了介绍信，到军区举办的白求恩医科学校（现改名为白求恩医科大学）学习。为了隐瞒身份，母亲改名张曼。她和侄女还有几个同学一起穿越日寇和敌特的封锁，投身革命队伍，来到军医学校学习。母亲说："在军医学校学习时，经常是别人都休息了，我在灯下继续学习专业知识，为了毕业后奔赴战场，抢救伤员。"经过努力学习，母亲因成绩突出，被誉为白求恩军医学校的"校花"，提起白求恩军医学校六七合期学员，大家都知道母亲的名字——张曼。

1943年，母亲毕业于晋察冀军区白求恩学校军医班，并被分配到第四军分区实习。实习期满后就留在第四军分区做军医，跟随部队南征北战。在抗日战争中，先后参加了晋察冀根据地反"扫荡"斗争、护秋战役等。

我记忆最深的是母亲给我讲救治伤员的事情。母亲说:"有一次为了抢救重伤员,刚做完手术,正准备缝合伤口,这时敌人已逼近这里,医院领导多次说:'张医生,敌人来了,赶紧撤离。'我坚持缝合完最后一针。此时枪声越来越近了,我们护送伤员向山上转移,敌人紧追不舍,情急之下发现不远处有一个隐蔽的山洞,洞外是用树枝遮掩的,我们刚进到山洞里,就听到敌人密集的枪声已追到洞口,洞口外的敌人在喊话,其他几名护士以为敌人要进洞搜查,要拉响手榴弹与敌人同归于尽。我告诉她们别慌,敌人并没有发现我们,等敌人发现我们时,再拉手榴弹也不迟。"母亲和几名护士一直等到洞外没有枪声了,敌人下山了。天黑以后冒着生命危险护送伤员到了目的地。此事受到医院领导的表彰,并成为佳话。几十年过后,当年的王瑛护士从青岛到北京,看望母亲时说:"张医生,当年多亏了你,沉着镇静,我们今天才能相聚。"母亲笑着说:"我们当年死里逃生,今天有幸在北京相见,我很高兴。"两位老人之间的战友情,难以忘怀的往事,是战争年代经历的那段生与死的考验。我由衷赞叹母亲,她是一位伟大的母亲，一位坚强勇敢，充满智慧的母亲，我为有这样的母亲而感到自豪。在抗日战场上，母亲出生入死，火线抢救抗日战士的生命，为抗日战争胜利作出了贡献。

解放战争期间，参加了解放石家庄战役、解放太原战役、绥远战役、平津战役等。

母亲还说："在解放石家庄战役中，经过6天6夜的激战，送来的伤员越来越多，我一天记不清做了多少台手术，当我做完最后一位重伤员的手术时，两眼发黑，倒在地上。当我醒来时，发现院领导和同志们都站在我床边，他们告诉我，救治的伤员已脱离危险。"我激动地流下了眼泪，母亲常说："经我救治的伤员，重返战场，杀敌立功，这是我感到最欣慰的事情。"此事过去了几十年，但母亲救治伤员的情景仿佛历历在目。

野丽姐回忆时说："太原战役时，负伤的战士一批接一批送来，母亲跪在地上竭尽全力用纱布给伤员包扎止血，直到两个膝盖跪肿了，站不起来了。而伤员在母亲奋不顾身的抢救下，重返战场。"

## 二、相濡以沫两伴侣

母亲从晋察冀白求恩医科学校毕业后,被分配到第四军分区做军医,父亲后来回忆说:"我是经区队长介绍认识了你妈妈,当时你妈妈刚从军医学校毕业分到部队,既年轻又漂亮,还有文化,第一次见面,我就对她产生了好感。以后通过书信来往,彼此之间建立了深厚的感情,你妈妈的字写得刚劲有力,我很欣赏你妈妈的为人处世,频繁的战事,互相牵挂,互相鼓励。"他们在战争年代共患难,并肩战斗,为了共同的理想和志向走到一起。

1945年春天,父亲向组织上打了结婚报告,父亲当时任三十五团政委,年满30岁,正好符合当时结婚的条件。组织上批准了。父亲说:"那年春天,在平山县小米峪村结婚。团长准备了些酒菜,摆了两桌,团里来了二十几位老同志聚在一起,祝贺我们结婚。部队批了一床被子,在峥嵘岁月里我和你妈妈举办了简简单单、热热闹闹的婚礼。几十年过去了,回忆往事情深意长。"

1970年，为了支援四川三线建设，父亲一人来到四川工作。母亲当年患有心脏病，不能陪父亲去四川。但母亲时刻牵挂着父亲的身体，经常写信问候父亲的身体情况，给父亲寄一些营养品。

1975年冬天，我和钟娜姐陪同母亲到四川看望父亲，母亲见到父亲说："老钟，身体还好吧。"父亲说："还好，咱们都要注意身体。"虽然天各一方，但父母心心相印。父亲在四川工作七年，母亲无时无刻不惦念父亲。

1978年，父亲从四川调回中国科学院工作，父亲经常加班，母亲多次打电话，催促父亲回家吃饭。父亲一日三餐，中午带饭是母亲精心制作的可口饭菜。工作之余，她同父亲到公园散步，在家里和父亲聊天，几十年的风风雨雨，他们始终相守相伴在一起。父母的感情很深，来日岁月，使我懂得，他们最深最重的爱，是携手共渡难关，迎来夕阳无限好。

父亲因心力衰竭住院期间，母亲无论是刮风下雨，还是严寒酷暑，她亲自准备饭菜，每天准时到医院看望父亲。她见到父亲高兴地说："老钟，今天比昨天好一些吗？"父亲说："好一些，放心吧。"母亲的慰藉使父亲的病情一天比一天好。

晚年，父亲两次患癌症——前列腺癌、淋巴癌。在父亲身患癌症期间，母亲给予父亲无微不至的关怀。在父亲放疗、化疗期间，母亲每天要做的事情，就是拎着饭桶到医院看望父亲。父亲看到母亲来了，高兴地招呼母亲坐下，并告诉母亲不用每天送饭，但母亲每天坚持来医院，她只有见到父亲心里才踏实。有几次母亲因血压高，身体不适，但她不顾大家的劝阻，甚至坐着轮椅也要到医院看望父亲，母亲患有帕金森综合征，但她不顾腿脚僵硬，走路困难，依然拄着拐杖，让阿姨搀扶也要来医院，哪怕只坐上几分钟，跟父亲说上几句话，也感到开心，离开病房时，母亲向父亲说："老钟，明天再来看你。"父亲高兴地说："好，注意保重身体。"母亲给予父亲精神的力量，使父亲的病一天天好起来，在医生的治疗和母亲悉心照料下，使父亲两次成功抗击癌症，创造了生命奇迹，父亲健康幸福地活过期颐之年102岁。

父亲经常对我们说："我感谢你妈妈几十年对我的照顾，在我平时住院和两次癌症期间，是你妈妈的鼓励和照顾，我才能康复出院。"父亲深切表达了对母亲的敬意。

战争年代同甘共苦，度过了艰苦岁月，和平时期，互相鼓励，互相支持，携手度过了银婚、金婚、钻石婚，幸福安度晚年。

## 三、老有所为

母亲离休后积极参加街道工作，为基层党组织献计献策，为群众排忧解难。她担任居委会主任，不计报酬，无私地奉献，服务于人民，服务于社会。

母亲是一位老革命，大院里的事情，大家都愿意找母亲商量。母亲不管是大事，还是小事，都认真对待，直到把事情处理得大家都满意为止。母亲当年是大院里的核心人物。母亲说："我这个居委会主任就是为大家服务的。"她的工作能力、魄力是有目共睹的。群众对她交口称赞："老革命的风采，不减当年。"

我印象深刻的一件事情是母亲配合派出所民警清查户口。那天晚上，母亲做完家务，对我和钟娜姐说："今晚清查户口，你们复习完功课，早点睡吧。"我和钟娜姐心里想，妈妈一会儿就回来了，没想到直到夜里2点，我听到大门的开锁声，这时母亲回来了，第二天我问母亲昨晚的事情，她说："昨晚清查七个单元的户口，全部清查完。"母亲为了工作真是不辞辛苦。

母亲经常是从街道开会回来，把会议精神传达到各家各户，工作到很晚才回家。她负责检查大院的安全隐患和环境卫生、挨家挨户通知并登记信息、定期做好军属及烈属的慰问和安抚工作，把党的政策与温暖送到百姓心中。为了居委会工作，母亲任劳任怨，勤勤恳恳地做好每一件具体工作。

我在整理母亲遗物时，偶然发现一个小本子，记录着大院里七个单元住户的名字，每个单元每户人家，母亲都记得很详细，甚至家庭成员，做什么工作都一目了然。当年民警在清查户口时，都要母亲一一介绍情况。民警同志对母亲说："居委会主任工作非常重要，也很辛苦，您做得非常好，对我们工作帮助很大。"当时没有电脑，都是母亲一个字、一个字写的。母亲的所作所为感动了民警同志。大院里的人都说："母亲是名副其实的居委会主任。"

母亲在居委会主任的岗位上干了十几年，她爱这个岗位，更爱为大家服务。终因身体的原因而退下来了。但母亲为大院里服务十几年，奉献十几年的精神，使大院里的老住户都记着母亲所做的事情。

## 四、勤俭持家

20世纪六七十年代，家里有八个孩子，生活困难。母亲为了维持家里的日常开支，包括家里八个孩子的吃喝，不辞辛劳，想尽办法。她自己省吃俭用，却把大部分生活费、时间都花在孩子身上，想方设法，变着花样给我们改善伙食。有一次，我放学回家，一进家门就闻到饭菜的香味，我迫不及待地走进厨房，妈妈正在炒馒头丁。我问妈妈："馒头丁这么香呀。"妈妈说："买了两毛钱的肉馅熬油渣，再把油渣切碎炒馒头丁。"我惊讶地说："妈妈，你真有办法，给我们改善伙食。"妈妈笑着说："孩子，妈妈会想办法让你们吃好。"晚饭我们一家人吃着妈妈炒的馒头丁，喝着玉米面粥，大家很高兴。这时，我看见妈妈喝了两碗玉米面粥，没吃炒馒头丁，姐姐奇怪地问妈妈：

"馒头丁真好吃，您怎么不吃呀？"妈妈说："我胃口不好，吃不了。"我当时信以为真。几十年过后，现在回想起妈妈说过的话才恍然大悟，母亲不是因为胃口不好，吃不下，而是为了我们八个孩子吃好、吃饱，才这样做。回想此事，感激之情油然而生。母亲当年炒的馒头丁，依旧回味无穷。我的青春年华是在那个年代度过的，虽已逝去，但留给我的是幸福、美好的回忆，是一代代家风的传承。

在那个年代里，母亲都是把最美好的留给孩子们，自己能省就省。世界上有一种爱，它博大无私。正像高尔基所说："母爱是世间最伟大的力量，没有无私的，自我牺牲的母爱的帮助，孩子的心灵将是一片荒漠。"我的母亲就是这样的伟大，母亲在我心中，是一位善良、纯朴、聪慧、能干的母亲。我用我的心，我用我的爱，感恩我最敬佩的母亲。

母亲一生艰苦朴素，20世纪六七十年代穿的衣服，还是那件蓝色制服，母亲对我说："衣服旧了染一染，跟新的一样，还能穿。"那件蓝色制服经过染色，又穿了好多年。到了90年代，母亲的衣服还是老样子，只要衣服还能穿，即使旧了也不买新的，偶尔穿的新衣服，是姐姐野丽、钟娜和我给母亲买的，母亲高兴地穿在身上，母亲对我们说："以后别给我买新衣服，又要花钱，我老了衣服也穿不完，你们把钱节省下来，留给孩子吧。"母亲说过的话，令人感动至今。回想起母亲用过的毛巾，已经破了，她用剪刀把破的那面剪掉，另一面继续用，毛巾发黄变硬了，她把碱面倒在锅里，和毛巾一起煮，煮过的毛巾焕然一新，她仍然用它，直到毛巾实在不能再用了，才肯买新的。她穿的袜子，补了又补，还穿在脚上。母亲穿的毛裤，裤裆和膝盖的地方破了，母亲让阿姨织补好，继续穿。

母亲的床单已经旧了，看不清颜色，但母亲仍然不买新的。母亲那张单人木板床已破旧不堪，木板底板多次用铁钉固定。母亲患过腰椎间盘突出，上下床不方便，我们想给她换一张质量好的木板床，母亲却坚决不同意。这张床从1965—2008年，一直伴随母亲43年的时光，一直用到母亲去世。我们整理母亲房间时，看到床上的褥子是几十年的旧棉絮，用手触摸时，那是一团团硬疙瘩的棉絮。母亲生前一直说褥子挺好的不用换，眼前的一幕让我和姐姐心酸不已，眼泪不由自主地流了下来。母亲一生的信念:"不忘初心,艰苦奋斗,跟着党走。"坚贞不渝的信念始终根植于母亲的言行上。

母亲的一日三餐以素食为主,因营养不良,贫血,两条腿水肿,我记得母亲腿肿时,一按一个坑,母亲不在乎自己的病,也没给自己开小灶。从来不需要特殊照顾。

野丽姐回忆说:"家里八个孩子,每个孩子的事情母亲都要操心。夜晚在灯下给我们缝补衣服,给住校的姐姐、哥哥缝制被褥,一针一线寄托了母亲对孩子们的关爱。"

母亲去世后,我整理母亲遗物时,发现有一张纸条,字迹歪歪扭扭写着:我要写回忆录。看到这张纸条,我的眼睛湿润了,我一定实现母亲的遗愿,弘扬老革命艰苦朴素的光荣传统,不忘初心,继承母亲的遗志。

## 五、与疾病顽强抗争

在母亲身患重病期间,仍关心国家大事、关心汶川地震灾区,在她病危时还多次嘱咐家人向地震灾区捐款,鼓励儿女努力工作，为国家多作贡献，表现出一名共产党员的优秀品质。

1989年，母亲多次便后出血，到北大医院急诊室就诊，当时血色素6克，住不了院，在观察室待查，此时便血半痰盂，母亲坚强地说："住不上医院，就在观察室治疗。"一天后住进医院。诊断为溃疡性结肠炎。母亲是重病号。每个病人配备一个方凳，我和姐姐轮流值班，就坐在方凳上一天24小时守护母亲。母亲每次便血腹痛厉害，她脸色苍白，说起话来有气无力。母亲有糖尿病，禁食不能吃饭，母亲忍受着饥饿的困扰，忍受着腹痛如刀割的痛苦，坚持每天治疗。三个星期之后，母亲的病情渐渐好转，说起话来也有了底气，脸上也有了笑容。医生对我们说："病情稳定了，溃疡性结肠炎容易反复，出院后要注意休息，巩固治疗。"经过一个多月的治疗，母亲终于康复出院了。

1992年，母亲的溃疡性结肠炎又复发了，这一次更凶险。连续便血，到协和医院急诊室就诊，血色素5克，母亲脸色灰暗，生命垂危。住进协和医院大病房，每张床之间用布帘隔着，一个星期没进食，输液治疗。我看到母亲每次便血后，额头布满了汗珠，因疼痛母亲彻夜未眠，但母亲痛得厉害也不吭一声，她以坚强的毅力，配合医生治疗，熬过了最艰难的时期，出院前医生对我们说："您母亲很坚强，又积极配合医生的治疗，可以出院了。"出院后饮食上注意，心情愉快，几年之后，母亲摘掉了溃疡性结肠炎的帽子，彻底治愈了。

帕金森综合征是世界上难以治愈的顽症之一，但母亲得了这种病十几年了，她没有悲观失望，而是以平和的心态，乐观的情绪，与疾病顽强抗争。帕金森综合征对母亲最大的威胁是吞咽困难，饭端到母亲跟前，准备吃饭时，吞咽功能关闭了，这顿饭又要等着母亲吃了药过一会儿，能吞咽了，才能吃饭。母亲坚强地说："不能吃饭的时候不吃，等能吃饭的时候再吃。"母亲早上起床第一件事情就是走路。每天走路很困难，脚抬不起来，即使走不了大步，就练习小碎步，腿脚僵硬时，母亲自己揉腿，等腿脚舒展开了，继续练走路。母亲从不把困难当作拦路虎，她始终充满了信心，也许是母亲经过战争年代的洗礼，在她身上处处闪烁着坚韧无比的意志，经过十几年的锻炼，母亲自己拄着拐杖，也能走几圈，我下班回到家，就能听到母亲的脚步声，我望见母亲拄着拐杖在跟我打招呼："你回来啦。"每当回忆往事，母亲的坚强使我感动至深，正因为她的坚强，所患的糖尿病、心脏病、高血压、腰椎盘突出、白内障、帕金森综合征等疾病，她都能正确对待，在痛苦中解放自己，在痛苦中寻找生活的乐趣。

2008年春节前母亲住院，发烧38.5℃，医院诊断肺炎，经治疗两周病情稳定出院了。我和野丽姐、钟娜姐都很高兴，母亲能在家过春节了，但母亲回家后发起了低烧，饮食吃得很少，我很着急。母亲平时喜欢吃稻香村的黄糕，我对母亲说："妈妈，我给你买黄糕，补充营养。"母亲说："不用了，就吃家里的馒头挺好的。"三天后，母亲因再次发高烧又住院了，这一次再也没出院，母亲在医院的最后两个月里，病情危重，持续高烧，各种治疗未见好转。那天晚上我去医院值班，母亲对我说："我想回家……"我心里很难过，告诉母亲："妈妈，我们回家。"母亲听到回家两字，她老人家高兴地笑了，这是母亲留给我的最后的、最美的笑容。在最后时刻她与疾病顽强抗争，直至去世。我很后悔，当时没给母亲买她爱吃的黄糕。至今想起此事，我的心情久久不能平静，母亲对我的爱是我一生中都无法报答的，母亲我们永远怀念您。

## 六、忆父亲

我的父亲钟炳昌，1932年参加红军，参加了举世闻名的二万五千里长征。我记忆最深刻的一件事情，是父亲讲长征时爬雪山、过草地的艰难历程。父亲深情地说："我17岁从江西省兴国县樟木乡参加红军，离开了家乡熟悉的山山水水，为了粉碎敌人第五次'围剿'，进行战略转移，从于都渡口出发，开始了二万五千里长征。"在恶劣的环境下，父亲翻越五座雪山，跨过茫茫的草地，冲破了敌人四道封锁线，经历了湘江战役、四渡赤水战役、飞夺泸定桥、腊子口战役、吴起镇战役等重大战役，终于摆脱了国民党数十万大军的围追堵截。父亲说："爬雪山时我只穿了三件单衣，脚穿草鞋，迎着暴风雪行军，风雪越下越大，抽打在身上疼痛难忍，没有别的选择，再艰难也得一直走下去，往前走才是红军生存的唯一希望，我当时的信念就是——坚持，坚持，再坚持。"父亲毫不畏惧向着长征途中第一座雪山——"夹金山"挺进。尽管寒风凛冽，暴风雪迎面而来，但红军战士仍然向前，向前，革命意志坚又坚。

山峰上的积雪翻滚着打在父亲的身上，狂风暴雨淋透了父亲的单衣，核桃大的冰雹劈头盖脸砸在父亲的头上，又打在父亲的脸上和身上，疼痛如刀割，双脚冻得失去知觉，上牙齿和下牙齿不停地打架，不停地哆嗦。手脚都冻僵了，眉毛上结满了冰碴，在恶劣的条件下，再冷、再累、再饿、再困，不能停步，父亲坚持走，即使是跟跟跄跄也要咬着牙走，父亲忍着痛一步一喘、一步一晕艰难地往上爬。而且越往上爬空气越稀薄，呼吸越困难，积雪越来越厚，山路越来越陡，越来越窄，但这些都阻挡不了父亲战胜困难的决心，父亲和战友互相搀扶，互相鼓励。迎着风雪继续前进。父亲心里只有一个念头："跟着毛主席，跟着党走，一定要翻过雪山。"

有一次父亲被冰雹砸得跟跄晕倒，饥寒交迫的父亲再也爬不起来了，后边的战友扶起父亲，把自己节省下来的干粮塞到父亲嘴里，父亲慢慢睁开眼睛，感动得说不出话来，战友的干粮救了父亲，而这位战友没有翻过雪山，长眠在雪山上，父亲说："翻越雪山时是战友救了我的命，但我至今都不知道他的名字,他年轻的生命却留在长征路上,痛心呀!"

父亲曾翻越五座雪山:夹金山、梦笔山、长板山、打鼓山、仓德山。尤其是第三座雪山——长板山,高达4800多米,红军战士征服了人类不可逾越的雪山。红军不怕远征难,万水千山只等闲,靠的是坚定的信念,靠的是钢铁的意志。在中国革命史上前所未有,在世界革命史上也是前所未有。

正像美国记者索尔兹伯里所说:"翻越雪山是长征开始以来最艰苦的一关,其艰苦程度超过湘江之战,超过翻越五岭,也超过四渡赤水。"

过草地时更是命悬一线。一望无边的草地,人迹罕至,天空时常雾气腾腾,时常乌云密布,水草长年腐烂,黑水散发着一股股的臭味,水是有毒的,脚被水草划破,伤口被毒水浸泡,会危及生命。父亲说:"穿着草鞋过草地,草地又黏又湿,踩到稀疏又软的草根,也可能踩到沼泽,越陷越深,不能自拔,许多战士因踩上沼泽地而牺牲的。"父亲的兴国老乡,过草地时走在父亲的前面,他和父亲说好的,革命胜利了,一起回家乡,没想到可恶的沼泽地夺去了他的生命。父亲回忆起这段往事时，至今怀念那位曾经一起参加革命的老乡。

草地天天有雨，衣服是湿漉漉的，身上几乎没有干过，即使是干的，也是身体的余热暖干的，当夜晚风雨交加时，父亲坐在潮湿的草地上宿营，就用身体遮挡风雨、遮挡寒冷，就会在风雨浸透之中熬过一夜。天蒙蒙亮时又要出发了，父亲身边的战友手握着枪，再也没有醒过来，刚才唱着江西民歌，讲着革命胜利后一定要吃家乡的白米饭，而如今长眠在草地上，耗尽了生命的最后一滴血，父亲悲痛万分，心绪难平。

父亲每天都在与沼泽、饥饿、寒冷搏斗。没有干粮吃野菜，没有野菜吃树皮，吃草根，父亲坚信：党中央一定能带领我们走出草地。这个信念鼓舞着父亲克服难以想象的艰难困苦。就这样父亲度过了一天又一天，告别了一个又一个牺牲的战友。终于战胜了千难万险，跨过了不可想象的茫茫草地。

父亲跟随红一方面军，行进二万五千里，历时一年，途经11个省市，胜利到达陕北。长征之路是父亲那个年代走过的路，长征之路是父亲一生中最难忘、最珍惜的往事。虽然过去了几十年，但父亲的记忆中永远是今天、明天的光辉历史。

红军长征胜利结束距今85周年，每当回想起父亲讲长征的经历，我的心情都久久不能平静，中国革命的胜利是千千万万个中华儿女前仆后继，用血肉之躯筑起的钢铁长城，红军精神将世世代代传承下去，长征永远在路上，共和国的颜色永远是红色的。

我记忆最深的是父亲讲抗美援朝出国参战的经历。六十六军是最早入朝参战的部队之一。父亲钟炳昌任六十六军一九七师师政委，参加了第一、第二、第三、第四次战役。

中央军委给六十六军入朝参战命令下达的这一天，父亲说："部队正在收割稻子，分散在好几个农场。战士们没有任何思想准备，脸上流着汗、手上和胶鞋都沾满了泥土，身上穿着带泥巴的衣服也来不及换，匆匆忙忙地赶到天津火车站。从接受命令到火车站待命，仅用了四五个小时。1950年10月25日当晚，六十六军一九六师、一九七师、一九八师，在夜幕降临之时，静悄悄地跨过了鸭绿江。一九六师换上朝鲜人民军的军装渡江，而轮到一九七师、一九八师已无军装可换，就穿着带泥巴的中国人民解放军军装踏上朝鲜土地，与朝鲜人民军并肩作战。"

进入朝鲜后，六十六军遇到了前所未有的困难。父亲说："一是秘密紧急入朝，枪支弹药准备不足、配备不齐，最好的武器装备就是迫击炮。二是军需物资非常缺乏，战士们穿戴的是单衣、单帽、胶鞋，没有准备冬季的服装，也没有给部队配备任何新的武器和其他的物资。三是通信设施跟不上战争的需要，只有师部才有电台，朝鲜方面仅给一个团提供一个朝鲜语翻译，语言不通是最大的障碍。四是缺少朝鲜军用地图，而'联合国军'从武器装备上，到军需物资供给方面都占优势，美军拥有现代化武器，还有最先进的通信设备。我军的配置与'联合国军'的各种装备也无法相比。但是，志愿军战士以顽强的精神，连续浴血奋战，前仆后继，打败了不可一世的以美国为首的'联合国军'，震惊了全世界。"父亲的眼神里充满了对志愿军战士的崇高敬意。

父亲还给我讲了一九七师最惨烈的战役——横城阻击战。他说："五九一团打得很顽强，六连一排排长王宝山、副排长马常杰带领全排战士坚守165.9高地，敌机轮番向阵地轰炸，坦克在前面开道，敌人步兵蜂拥而上向阵地进攻，全排战士临危不惧，英勇顽强地打退敌人一次又一次的进攻，敌人投掷大量的凝固汽油弹，顿时阵地像火龙一样，烧得通红，该团六连一排在165.9高地与敌人连续血战两天两夜，阵地被敌分割成数块，各排、各班各自为战，继续与敌人顽强搏斗，阵地前敌人尸横遍野。六连一排在三面受敌、仅剩三人的情况下，仍继续战斗，终因敌众我寡，全部牺牲。该团七连一排坚守303.2高地，遭到敌人炮火连续攻击，战士们顽强抗击，大部分战士牺牲了，但他们誓死守住了阵地。七连二排坚守在303.2高地上，顽强抗击敌人的进攻，与冲上阵地的敌人展开肉搏战，打退了美军王牌军的三次进攻，粉碎了敌人从侧后迂回303.2高地的阴谋，毙伤敌人80多人、而自己无一伤亡的战绩。还有八连坚守的陵谷阵地，打退了敌人多次进攻，伤亡很大，仅剩下两名战士，他们在不同方向，一阵冲锋枪扫射，倒下一片敌人，一阵手榴弹投掷，炸得敌军节节败退，一直坚持到增援部队到达，阵地始终没有失守。"父亲激动地说："五九一团打出了国威，打出了军威，是我军我师的骄傲，也是入朝参战全体志愿军的骄傲。"

这支"猛虎团"——五九一团在规定时间里坚守防御战十多天，阻止敌人疯狂的进攻，歼敌七百多人，胜利完成阻击任务，美军王牌军也败在五九一团三营的手下。五九一团为后续兵团部队的到达赢得了宝贵的时间，战士们用血肉之躯守住了防线。

战后六十六军授予荣获集体大功的五九一团三营"横城阻击英雄营"锦旗，授予荣获集体大功的五九一团三营七连"横城肉搏英雄连"和"短兵相接横城阻击英雄连"两面锦旗，授予荣获集体特等功的五九一团三营七连二排"横城阻击三退美军王牌军英雄连"锦旗。荣获集体特等功的还有五九一团八连二排，该团六连一排全部阵亡的战士，追认为集体大功。战后美军和韩国军回忆起一九七师的"横城阻击战"、一九八师的"血战五音山"都胆战心惊。

美军在回忆朝鲜战争时对志愿军评价道："在朝鲜战场上，让美军感到震惊，更让美军恐惧的是志愿军战士装备粗劣，后勤补给更是奇差无比，他们竟然在冰天雪地，一把炒面，一把雪吃，美军是不可想象的，志愿军士兵永远打不完，手榴弹永远扔不完。"

## 第一章 回忆往事

父亲对我说："抗美援朝战争是最残酷、最艰苦的战争之一，朝鲜的冬季气温在零下40摄氏度左右，极度严寒导致一九七师减员比战斗中牺牲的战士还要多。战士们白天在严寒里连续作战，晚上为了躲避敌人的空袭，宿营在树林里，铺上一块防雨布，就睡在冰冷的土地上，每个战士都有冻伤，仍坚持连续作战。饿得心慌，战士们抓上几把雪充饥，有些战士极度饥饿而昏迷，甚至死在阵地上。口渴难忍，把石头子含在嘴里解渴。战士们靠的是坚强无比的意志，打败了狂妄的敌人。志愿军战士是最可爱的人，是他们的流血牺牲，才换来祖国的和平安宁。"父亲热泪流淌在脸上，那是对当年抗美援朝战争艰苦岁月的回忆而流下的热泪，那是对朝鲜战场志愿军战士精忠报国的坚强的意志而感动的热泪。

战争的残酷，使伤员越来越多，他们都是20岁左右的战士，有的双眼炸伤缠着绷带，有的头部受重伤……父亲看到一位伤员，他的一只眼睛已经失明了，另一只眼睛受伤后严重感染也接近失明。父亲对他说："回到后方医院，眼伤会治好的。"伤员对父亲说："政委，我是志愿军第一批入朝参战的，我感到很光荣，如果我胸前能佩戴一枚抗美援朝纪念章，就是我两只眼睛都失明了也值得。"小战士的一番话，使父亲心里久久不能平静，他们崇高的思想境界和革命乐观主义精神，深深地感动着父亲。

六十六军有4万人跨过鸭绿江入朝作战，而回国时仅剩下近万人。一九七师五八九团，整整一个团的兵力，最后只剩下一个营。父亲和师领导都感到很痛心。那么多的战士，一场战争过后，曾经熟悉的面孔，再也找不到了，长眠在曾经流血牺牲的异国他乡——朝鲜这片土地上，父亲感慨万分。

父亲生前多次嘱咐我去丹东"抗美援朝纪念馆"瞻仰中国人民志愿军赴朝作战的光荣历史，去朝鲜"中国人民志愿军烈士陵园"祭奠烈士，我一定实现父亲的遗愿。

抗美援朝出国参战距今已71周年，这一战，美军三易主帅，最终在朝鲜停战协议上签字。没有抗美援朝的胜利，就没有新中国的国际地位，就没有中国长期和平的环境，让全世界刮目相看。毛主席说："我们抗美援朝就是不许它的如意算盘得逞，打得一拳开，免得百拳来。"毛主席高瞻远瞩论述了抗美援朝战争的历史意义。美军最高指挥官麦克阿瑟说："谁想和中国陆军作战，一定是有病。"仅仅一句话却震惊了全世界的陆军。朝鲜战场的美国老兵回忆时说:"这样的民族和军队无法战胜。"抗美援朝的胜利,将千秋万代以中国的胜利载入史册,永远和入朝参战全体志愿军战士及英烈的名字连在一起。

正像习主席所说的:"爱国主义是中华民族精神的核心,爱国主义精神深深植根于中华民族心中,是中华民族的精神基因。"

缅怀革命先烈,不忘初心。让精神不朽,英雄长存。

## 七、情系将军园

江西省兴国县是全国著名的苏区模范县、红军县、将军县、烈士县。将军园记载了兴国籍56位将军不凡的沧桑历史,这里的每一位将军,每一个字,每一句话,每一件实物,都闪耀着永恒的璀璨与辉煌,兴国的将军是共和国不朽的脊梁。

2018年清明节,我和姐姐钟娜、钟野丽登上开往兴国的列车,我们怀着敬仰之情来到兴国,并驱车前往将军园瞻仰想念的父亲。走进将军园，广场正中是一尊毛主席的汉白玉雕像，使我想起毛主席当年在兴国指挥战役的情景，正中间摆放着三枚共和国勋章：一级解放勋章、二级独立自由勋章、三级八一勋章，记载了兴国56位将军，在不同历史时期中国革命走向胜利的艰难历程。

将军馆正厅56位将军的雕像

再往前走，迈上56级台阶就是将军馆，而每一级台阶都让我回想起父亲金戈铁马的岁月，浴血奋战的战场。走进将军馆，56位将军的雕像映入眼帘，栩栩如生，威武壮观，在将军雕像右面第二排第二位看到了敬爱的父亲，我们日夜思念的父亲，我的眼睛不禁湿润了，此时我们站在父亲的雕像前，向父亲致敬。父亲生前曾多次想回家乡看一看将军园，因各种原因未能如愿，他多次嘱咐我们一定要去将军园，我们就是为了实现父亲生前的遗愿，特地来此。

钟洋在父亲雕像前

走进将军馆展厅，如同走进中国革命历史的长廊，一幅幅照片，一件件跟随将军们出生入死的实物，仿佛耳边响起父亲讲参加红军，并经历各个战役时的情景。当我和姐姐来到父亲的展板前，被图文并茂生动的解说词所震撼，仿佛回忆父亲戎马一生、冲向战场的壮观场面，我和姐姐激动不已。在解放太原战役中，父亲和师长率领第66军第197师全体官兵，冒着敌人的炮火，英勇奋战，前仆后继，发扬了我军大无畏的革命英雄主义精神，在所有参战部队中，197师第一个登上太原城楼，把第一面五星红旗插在太原城楼，197师为解放太原战役立下了不可磨灭的功，父亲创造了兴国将军在中国历史上的"第一"。

第66军第197师第一个登上太原城楼

第一章 回忆往事

钟娜、钟洋、钟野丽在父亲雕像前留念

将军园的左侧是由56位将军组成的雕塑园，是按红军长征路线来构思设计的，将军雕塑园分列在路旁，我和姐姐迈着父亲曾经走过的长征路，寻找父亲的雕像，不远处我们看到一尊父亲的雕像，在绿树丛中，周围用花圃点缀，庄严、肃穆、宏伟而崇高。我和姐姐兴奋不已，我用手抚摸着父亲的雕像，思绪万千，父亲仿佛从未离开我们，将军父亲永远活在我心中，我和姐姐把雕像前的杂草拔掉，并献上三束鲜花，以寄托我们的哀思，在父亲雕像前我们合影留念。野丽姐回忆父亲时说："父亲晚年记忆力衰退，很多事情都记不起来了，但只要问他是哪里人时，他都能准确回答：我是江西兴国人。"父亲弥留之际，野丽姐趴在他耳边说："爸爸，您很想回家乡兴国，您一定要坚持住，挺过去，我还陪您回兴国。"昏迷中的父亲听到兴国俩字，慢慢睁开眼睛，周围的医护人员惊讶不已。父亲一生都记得他的家乡——兴国县，这时野丽姐给父亲唱起兴国山歌，说不出话来的父亲，激动得流出眼泪。父亲一生都没有忘记故乡的山山水水——兴国县樟木乡。离开将军园我和姐姐对父亲说："爸爸，我们想念您的时候，就来将军园看您，我们一定牢记您的嘱托，永远跟着党走。"我想父亲一定能听到我们的呼唤，父亲生前最喜欢听《十送红军》的歌曲，明年清明节，我们一定带上这首歌，放在您的雕像前，这首歌伴随父亲参加红军，走过二万五千里长征，父亲您的丰功伟绩永远情系将军园。

第一章 回忆往事

两个外孙曹家华、曹家钟,在擦洗姥爷的雕像

## 八、不忘初心 铭记历史

2020年10月26日,我和姐姐钟娜、钟野丽怀着敬仰之情,参观了"纪念中国人民志愿军抗美援朝出国作战70周年主题展览"。走进展厅,被一幅幅描写志愿军战士入朝作战的图片所震撼,我仿佛来到了70年前那硝烟弥漫的朝鲜战场,仿佛听到了飞机的轰鸣声,地面激战的枪炮

· 33 ·

声，仿佛看到了志愿军战士肩负祖国和人们的期望，为了捍卫正义，为了维护世界和平，他们义无反顾"雄赳赳，气昂昂"跨过鸭绿江，奔赴朝鲜战场为正义而战的情景。

展览共分七个部分，从入朝作战第一战役至第五战役的结束，每一部分的叙述，都催人泪下，都会被志愿军战士可歌可泣的英雄事迹所感染，他们超出了常人难以想象的坚韧勇敢，克服了朝鲜零下三四十摄氏度的恶劣气候和后勤供给跟不上的艰难困苦，他们发扬大无畏的英雄气概与以美国为首的"联合国军"血战到底，即使增援部队没有到达，阵地仅剩一个人时，也要坚守，也要誓死挡住不可逾越的战役防线。在朝鲜战场志愿军战士靠的是坚韧无比的意志，靠的是对党对人民无限忠诚，靠的是敢打敢拼，不畏强敌的革命英雄主义气概。我看到"中国人民志愿军誓词"，句句铮铮铁骨，句句感人至深。志愿军战士是最可爱的人。

66军参加了入朝作战第一次至第四次战役，回想起父亲曾经跟我说："66军入朝作战出征4万人，回国时仅剩下近万人，那么多熟悉的面孔，都留在朝鲜的土地上……"父亲心绪难平。

第一章 回忆往事

当我站在66军197师展板前,我久久不能挪动脚步。我和姐姐兴奋不已,当时担任197师师政委的父亲和师长,为横城阻击战立下战功的589团1营官兵签署表扬通令,70年前父亲的签名让我们热泪盈眶,感慨万分,父亲当年和师长率领的589团1营打败了优势兵力的敌军,为横城阻击战的胜利发挥了重要作用。70年后的今天,我们重温历史,我受到心灵的震撼和洗礼。

父亲和师长为589团1营签署表扬通令

抗美援朝战争取得最后胜利,我军的政治工作发挥了不可估量的巨大作用。志愿军在敌我装备、后勤保障等极为悬殊的情况下，充分发挥了思想政治工作的巨大威力，激发和调动了志愿军官兵战胜困难、战胜强敌的决心。父亲生前经常对我说："抗美援朝战争时我军的武器装备无法与美军相比，我们没有飞机、坦克、大炮，在临战之前，我告诉战士们不畏惧敌人的装备，我们要用双脚与敌人的汽车赛跑，而且还要超过汽车轮子，发扬一不怕苦、二不怕死的战斗精神，在没有炒面、吃冻土豆的情况下，志愿军战士仍然冲向战场，靠的是精神力量和坚强的意志，打赢了这场战争，战前的政治思想工作发挥了重要的作用。"这是父亲入朝作战感触最深的事情。

回望历史，抗美援朝战争的伟大胜利，是197653位志愿军烈士用鲜血染红了朝鲜大地上的金达莱，他们的英名将永载史册。

## 九、传承红色记忆

2019年8月，我们坐上开往内蒙古自治区乌兰察布的列车，追寻父亲曾经战斗过的地方——集宁战役纪念馆。

## 第一章　回忆往事

沧海桑田，时过境迁。集宁战役分为三个阶段，即1946年1月的集宁争夺战、1946年9月的大同集宁战役和1948年9月的解放集宁战役三次大规模艰苦卓绝的战役。

集宁战役是解放战争中参战将领多、规模大的一次重大战役。

进入集宁战役纪念馆，我和姐姐钟娜、钟野丽在纪念馆醒目的展板上，看到父亲参加了第三阶段解放集宁战役，并担任华北军区第三兵团第二旅旅政委。此时此刻，我的心情无比激动，父亲当年率部阻击敌人的情景，仍历历在目。

展台前每一幅历史照片和珍贵文物，每一处互动复原场景，再现了当年集宁战役整个历史画面，将我们带回到那段难忘的峥嵘岁月。然而我印象最深的是三维制作场景，它刻画了当年集宁战役惨烈壮观的场面，我和姐姐钟娜、钟野丽泪流满面，心绪难平，虽然历史的硝烟已经过去，但父亲当年所在的部队和所有参战部队，沉重打击了国民党的部队，为辽沈决战的最后胜利，为解放集宁，为北平和平解放作出了重大贡献。

展厅中有一位解放军的雕像，讲解员详细介绍了他的英雄事迹，父亲生前曾经给我讲过集宁战役，这位英雄是父亲所在部队二旅五团二连副排长郭林，他为了掩护突击队炸毁碉堡，奋不顾身冲向最高点水塔塔顶，用机枪猛烈扫射敌人，他用自己的身躯吸引敌人的注意力，献出了年轻的生命，他实现了自己的誓言："我要杀敌立功。"他用鲜血和生命赢得了战役的胜利。父亲说："攻打集宁战役不容易，打了三次，提起集宁战役，我想起二旅五团二连副排长郭林，他用生命换来了战役的胜利。"父亲非常痛心，我想这是父亲心中永恒的记忆。父亲和师长率领的华北军区第三兵团一纵第二旅全体官兵在解放集宁战役中，因多次出色完成作战任务，受到兵团的嘉奖，当年华北军区第三兵团司令政治部："赠给第一纵队第二旅登城先锋连"的锦旗，这面光荣的锦旗——历史的见证物，至今仍陈列在集宁战役纪念馆里，我们看到这面锦旗，如同看到父亲和师长率领的二旅全体官兵，冒着敌人的枪林弹雨，英勇奋战，烈士的鲜血洒在集宁这片土地上，它不仅代表了集宁解放光辉的一页，同时也代表了所有参战部队为集宁的解放作出了不可磨灭的贡献。

在集宁战役纪念馆，在烈士英名录上，共记载了5000余名烈士姓名，时至今日，仍有部分英雄的名字不为所知，甚至在战火洗礼之后，他们都未留下一张照片和只字片语，历史不应忘却，他们是共和国不朽的丰碑。

按照习主席"把红色资源利用好、把红色传统发扬好、把红色基因传承好"的重要指示，不忘初心，传承红色记忆，让世世代代铭记历史。

# 第二章　支援四川三线建设

## 一、初临四川

1970年父亲调到四川三线工作，担任四川省委委员，省基本建设委员会主任。父亲在部队做了40年的政治工作，为响应毛主席的号召支援地方建设，从部队来到地方，对父亲来说无疑是一个新的挑战，工作有多么严峻而艰难是可想而知的。

20世纪六七十年代，三线建设是以党中央推进建设战略大后方为目的，在我国中西部地区进行的一场规模空前的国防、科技、工业和交通基础设施建设。四川省作为西南三线建设的主战场，也是重点恢复基础设施的地方。

父亲走马上任后，他一如既往地在复杂的形势下，有胆识有魄力地提出"整顿工作作风,把国民经济搞上去"的战略方针,在实际工作中,父亲统一各级干部的思想认识,调动广大干部群众的积极性,把党的好作风、好传统恢复起来。面对艰巨的工作,父亲知难而上,他愿在三线建设这块阵地上,走出逆境,从事开创性工作。父亲大刀阔斧地制定了一系列基建工作的方针、政策,加大改革的力度,为三线建设发挥了重要作用。

父亲一来到省建委机关,他没有高高在上,没有待在机关里听取各级领导汇报工作,而是亲自"往下跑",深入到各县调查研究,从而掌握第一手资料,他风尘仆仆,一个县一个县甚至一个公社一个公社地跑。父亲对秘书熊明潭说:"能走到的地方,绝不落下。"每到一个地方都要把当地情况了解得充分而具体,他一路奔波,走到哪里就住在哪里,同当地干部群众商讨存在的问题,需要解决的实际问题,当地干部群众说:"您心里装着群众的疾苦,与群众心连心。"回到机关召开会议,把所到之处干部群众最需要解决的问题,让大家讨论,拿出切合实际的方案,制定相应的政策性文件,下发到各地、州、县,这些文件的制定源于父亲深入基层调查研究所获取的资料,大大推动了各地工作有条不紊地发展，为未来基建工作的开展奠定了坚实的基础，使各项工作逐渐走上正轨。

1975年的冬天，我和母亲还有钟娜姐到四川看望父亲，在父亲身边工作多年的熊秘书对母亲说："钟主任忘我工作的精神，那种实事求是、坚持原则的工作作风，给我留下了深刻的印象。"

## 二、呕心沥血

父亲到达四川后不久，第一件要做的工作就是党中央交办的艰巨任务："修筑成昆铁路"。在成昆铁路的建设中，倾注了父亲大量的心血，也是父亲到任后要抓的头等大事。党中央作出加快内地经济建设和国防建设的战略决策。毛主席作出"成昆铁路要快修"的批示。国务院、中央军委也采取了一系列加快成昆铁路建设的重大举措。父亲对我说："中央领导非常重视成昆铁路的建设，周恩来总理亲自主持召开三线建设会议，并决定成立西南三线建设委员会，并在成都市成立铁道兵西南指挥部四川省基本建设委员会与铁道兵西南指挥部共同商讨成昆铁路的建设方案，并制定加快工程进度的措施。"

为了修筑成昆铁路，父亲经常深入到施工现场同广大官兵、工程技术人员座谈，听取他们对工程质量、工程进度、工程难点等方面的意见和好的建议，并关心他们的生活，解决他们的困难。父亲每次到施工地都与广大干部战士谈心，做深入细致的思想工作，父亲说："革命就是和困难作斗争，胜利是从艰苦斗争中换来的。在长征艰难的岁月里，我爬过五座雪山，我心里只有一个信念，坚定地跟着党走，只要我不倒下，我这条命就交给党，坚持革命到底。"他以自己的亲身经历勉励干部战士发扬艰苦奋斗、不怕吃苦的精神。

在恶劣的条件下，施工中的艰难与生活上的困苦艰辛超出了常人的想象，在悬崖峭壁上修铁路，有气温高达四五十摄氏度的"火沟"，有10级大风劲吹的峡谷，还有常年积雪的雪山。在沿线三分之二崇山峻岭、奇峰耸立、深涧密布、沟壑纵深、地势陡峭的情况下，铁道兵官兵毫不畏惧，他们的口号是："坚决完成党中央、毛主席交给我们的艰巨任务，发扬一不怕苦、二不怕死的精神。"

尤其是修筑成昆铁路的最后几个月，父亲多次到施工现场听取汇报，而后下到工地，和工程技术人员一起，检验质量问题，与干部战士一起风餐露宿，一盒米饭，几块咸菜就是一顿饭，紧接着又到下一个隧道检验，铁路沿线很长，父亲不管是酷暑，还是严寒，面对坑坑洼洼的山路，他和年轻战士一样，一走就是好几里路，他脚上打了泡，疼痛难忍也不在乎，他给广大干部战士留下了深刻的印象："老革命、老首长的长征精神永不褪色。"

有一次，在去成昆铁路工地的路上，父亲感觉浑身不舒服，他怕影响工作，硬是坚持到了工地，因体力不支瘫倒在工地上。身边的建委同志找来医生，医生关心地说："钟主任，您发烧38摄氏度，应该卧床休息。"父亲吃了退烧药，对建委同志说："走，到工地去，别耽误工作"，父亲烧得满脸通红还在与铁道兵指挥部的同志研究工作，他不顾大家的劝阻，动情地说："铁道兵的干部战士都是英雄好汉，他们每天都在经受生与死的考验，每修筑一段铁路，就有倒下的战士，比起牺牲的战士，我这点儿病算什么？"父亲带病坚持工作，没有提出任何要求，与官兵一道，同吃一锅饭，同住简易工棚，父亲硬是坚持到第二天工作结束后才回成都。父亲忘我工作的精神深深地感染着大家。铁道兵官兵说："老革命都在拼命，我们更应该加倍努力修好铁路。"

这件事情直到1975年冬天，我和母亲还有钟娜姐到四川看望父亲时，机关的小何告诉了我们当年父亲抱病坚持工作，小何激动地说："钟主任一心扑在工作上，为了成昆铁路的建设，呕心沥血，费尽心血，老前辈坚强的意志是我们永远学习的典范。"此事已过去几十年，往事不堪回首，想起父亲这段不寻常的经历，他为党为人民不惜一切，从不顾及自己，战争年代是这样，和平时期也是这样。

成昆铁路修建接近尾声，到了竣工阶段，根据中央指示成昆铁路务必在1970年7月1日全线通车。艰巨的任务，紧张的工作节奏，超负荷的运转，使父亲身心疲惫，从成昆铁路工地回成都的路上，由于劳累过度，他在车上睡着了，到了招待所是随行人员叫醒了父亲，这时已过了晚饭时间，父亲把屋里仅有的硬邦邦的馒头，拿开水泡一泡，这就是父亲的晚饭，父亲简朴的生活已成习惯。艰苦奋斗是父亲一生的追求。

1970年7月1日，经过多年艰苦努力，40万筑路大军为中国共产党献上珍贵生日礼物——成昆铁路建成全线通车，10万军民怀着激动心情，从四面八方赶往西昌火车站，共同庆祝成昆铁路全线通车的盛大典礼仪式。

　　父亲对我说："1970年7月1日那天，我代表四川省基本建设委员会，在通车典礼上讲话，念完发言稿我的心情久久不能平静，想起为修建成昆铁路而牺牲的铁道兵战士，还有参加筑路的建设者们，没有他们洒下的汗水，没有他们的牺牲奉献精神，哪有这激动人心的时刻，他们用生命创造了人间奇迹。"父亲的话至今令人难忘。

　　至今在联合国总部，收藏着三件最珍贵的礼物：其中之一是用象牙雕刻的成昆铁路。成昆铁路堪称20世纪创造的人间奇迹。

　　父亲为成昆铁路建成通车，呕心沥血，作出了功不可没的贡献。

## 三、实地考察四川

父亲在担任四川省基本建设委员会主任期间,制定了一系列基本建设的方针政策,使基本建设工作逐渐形成规模体系,为四川省委提出方针政策性的建议,并逐步落实到实际工作中去。

父亲到四川实地调查考察工作,总是带着思考已久的问题,深入到实际中去观察,听取广大干部和人民群众的意见,从大量所见所闻的丰富的感性认识中,形成切合工作实际的理性认识。为了写父亲在四川七年的经历,我和姐姐钟娜、钟野丽走访了四川省档案馆等有关单位,查阅了大量的资料,当我和姐姐看完手里最后一份资料时,不觉感慨万分,潸然泪下。父亲当年只身一人到四川,没有家人的照顾,生活上艰苦,抱病坚持工作,父亲所到之处使我们赞叹不已。父亲在四川七年,考察了不同基层单位,诸如宜宾、沱江、金沙江、雅新至长寿县公路;隆昌气矿塔五井公路;仁寿、黑龙滩水库公路;重庆江北县川汉公路；重庆白石公路，石神公路，乐山、峨眉山等公路。成昆铁路、成都铁路局、梁山铁路隧道、青衣铁路、万源五白河等铁路；宝轮大桥；乐山、泯山大桥；巴中、恩阳大桥；江津县游渡河大桥；风来煤矿、芙蓉煤矿、白鹤煤矿、红旗煤矿、柏林煤矿、赵家坝煤矿、雅安县沙坪煤矿、华蓥山煤田、李子垭煤矿、凉山煤矿、天府煤矿等；西昌钢铁厂、重庆钢铁厂、太和铁矿等；长征制药厂、四川化工天然气、绵竹县砖瓦厂、资阳内燃机厂、大邑县水泥厂、峨眉水泥厂、广安水泥厂、德阳水泥厂、隆昌水泥厂、重庆北碚玻璃器四厂、渡口木场、毛尔盖林区、凉山林业局等。父亲走到哪里，哪里都留下了他奋进不止的足迹。正是因为父亲无数次下基层考察，掌握了四川省基本建设工作的命脉，为四川省基本建设作出了正确的决策。

实地考察，注重实际，是父亲几十年的领导方法和工作作风，也是父亲不搞"一言堂"，克服干部官僚主义，经常到基层搞调查研究，心里始终装着人民，时刻想着人民，真正为人民群众做实事的一大特色。

父亲有心要走遍四川每一个县，去了解每一个地方的实情，他到四川大多数地、市、州、县，他不顾自己已年过半百，患有高血压、心脏病，仍然不分严寒酷暑，无论是穷山僻壤，还是荒漠高原，他都要翻山越岭，跋山涉水，深入调查细致考察，同当地干部讨论，认为铁路建设投资大、周期长、技术要求高，今后要在有计划地修建铁路的同时，还要考虑水路、公路的建设和发展，父亲提出先修主干公路，其次是支干公路。尤其是要利用四川的自然资源修建大桥，将长江水系利用起来等于多条公路。修公路来得快、时间短，特别是可以带动周围的老百姓富裕起来，老百姓的马车、推车、自行车等各种交通工具都可以利用公路发展农村经济，沿线广大地区经济便可以带动起来。父亲在基建工作会议上多次提出"使经济尽快发展起来，公路尽快修建起来，人民尽快富裕起来"的战略方针，在四川七年时间里，父亲不辞辛苦，经过坚持不懈的努力，建起了多条公路和多座大桥，为四川的建设发展以及未来的开发，作出了历史性的贡献。

在职工住宅宿舍建设规划上，父亲常常以自身的体会，勉励各级干部把调查研究放在工作首位，只有搞调查研究，才能实事求是；只有搞调查研究，才能决策正确。父亲多采用点面结合的方法进行调查研究，先到基层与干部群众座谈，去寻常职工家串门察访，去不同地方的职工住宅做比较，再分别深入一宅一户进行调查，父亲对随行人员说："这种工作作风，是切合实际，符合民情的。虽然我们的工作很累、很辛苦，但当我们看到一栋栋职工宿舍楼盖起来，职工们高高兴兴搬进去住的时候，我们对工作的执着和坚守，换来工作上的成绩，是值得的。"

1970—1974年，父亲先后参与制定了《1972—1973年四川省基本建设工作计划》《四川省重点建设项目基本情况（一、二、三）》《关于四川省城镇规划工作会议情况的报告》《四川省基本建设情况反映》《四川省职工住宅宿舍建设标准》等文件，这些文件的制定，具有前瞻性，为四川省未来的大开发准备阶段制定了一系列政策措施，有力地推动了四川省基本建设的工作。

父亲在四川工作七年，为四川省基本建设重大项目作出的战略部署，无不是父亲深入到基层去调查研究，从无数的感性认识中提炼出来的。他被广泛地评价为是一位通情达理、有胆识的领导，他的情就是通晓广大干部群众、心愿和实际情况，就是实情。他的理就是源于实际的理性认识，就是理性认识符合实际、切合民情，使父亲有胆有识地提出一系列创造性的建议和决策。始终把党和人民的利益放在第一位，顾全大局，任劳任怨，勤勤恳恳。从不计较个人得失，他全心全意为人民服务的奉献精神始终初心不变，被群众称为"艰苦朴素，严于律己，一心为民的好干部"。

父亲从四川调回北京，向我讲了当年他与司机亲身经历的生死关。有一天父亲和司机开车去检查工程项目，汽车行驶在人员稀少的山路上，他和司机不知道前面将要发生的事情，当汽车继续往前开的时候，他们发现前面即将开山爆破，此时汽车已进入警戒区，点燃的导火索已逼近炸药，山上的人们发现汽车，拼命呼喊挥动小红旗，但为时已晚，这时司机徐师傅猛然想起要保护首长，他紧紧抱住父亲，在千钧一发之际，父亲像战场上的指挥员一样，他推开司机，沉稳果断地大吼一声："快，冲过去。"司机猛踩油门，汽车像离弦的箭一样，飞奔而过停在警戒线之外，与此同时，山崩地裂的巨响，伴随着咆哮翻滚的山石，向山下袭来。浓烟过后，山上的人们朝汽车停驶的位置望去，此时已被山石覆盖。这时父亲站在警戒线外，挥动胳膊向山上的人们招手，山上的人们都庆幸汽车闯过危险区，山上山下一片欢呼。

父亲经历了无数次生死关，从二万五千里长征到身经百战的开国将军，经历了多少次生与死的考验。他们又出发了，继续检查下一个工程项目。此事过去许多年后，我们到四川看望父亲时，他的司机徐师傅说："那一次太惊险了，首长不愧是老革命，遇事沉着镇静，救了我的命。"他表达了对父亲的感激之情。

## 四、永葆革命本色

父亲1970年只身一人到四川省基本建设委员会工作时，一直住在招待所里。20世纪70年代招待所的条件很简陋。夏天屋里潮湿闷热，也没有电风扇，冬天四川不生火，屋里冷得就像冰窖一样，晚上盖上棉被，到第二天早上脚还是凉的。父亲说："越是在艰苦环境里，越能锻炼一个人的意志。"每天繁忙的工作之后，他不管多累，总是挑灯夜读，四川夏秋之夜潮湿而闷热，蚊子成群，父亲总是戴上老花镜，在屋里仅有的桌子上，读起他的"两部四卷"：《马克思恩格斯选集》四卷、《毛泽东选集》四卷，边读边用红笔画重点，边做笔记，或写下心得，父亲在这样的艰苦条件下，每天坚持孜孜不倦地学习。到离开四川时，他的读书笔记已经积下一大摞了。

父亲住在简陋的招待所，省委有关同志知道父亲的现状，不止一次跟父亲商量换个条件稍好的招待所，父亲总是挥手说："不用，不能搞特殊，我已习惯招待所的生活。"他婉言谢绝了，父亲一辈子就是这样朴素，吃苦在前，享受在后，悠悠岁月记载了父亲艰苦奋斗的精神。

由于母亲身体患有多种疾病，不能陪同父亲去四川。父亲在四川工作时，一个人吃住在招待所，自己到锅炉房打开水，一日三餐在招待所吃饭，有什么吃什么，从不搞特殊。经常加班加点工作，耽误了吃饭时间，父亲把凉米饭倒上开水，吃着剩菜就是一顿饭。招待所的服务员说："钟主任，每次回来晚了，总是告诉我们有什么饭菜就吃什么，不用特殊照顾。我们看到钟主任吃剩下的饭菜，心里总感到我们工作没有做好。"可父亲却笑着说："这不是挺好吗，谢谢你们。"父亲的做法，感动了服务员。到了冬天，冰冻刺骨的凉水，甭说洗衣服就是手伸进水里都感觉冻僵一样的疼痛难忍。父亲在这种环境下，自己洗衣服，没有特殊的照顾。直到一年之后，在省委机关有关同志再三劝说下，才住进省委宿舍，改善了生活条件。

在几十年革命岁月中，父亲养成了艰苦朴素的作风，这在各地调研考察中也有生动的体现。他每次都轻车简从，一般不坐轿车，而是坐吉普车。针对某些地方接待上级搞排场、讲铺张的不良现象，每次出发前，他都要随行秘书通知所去地方：（一）不准请客送礼；（二）住招待所不需要特殊照顾；（三）当地有什么车，就坐什么车，即约法"三章"。父亲说这样做的好处是："做实实在在体验民情的官，而不是做吃吃喝喝搞特殊化的官。"父亲是这样说的，也是这样做的。

正因为父亲保持了艰苦朴素的本色，所以他能翻山越岭、跋山涉水地深入到县、镇和乡去调查考察。父亲多次到攀枝花、绵阳、武都镇、蓬莱镇、汉旺镇、峨眉、彭县等一些县镇调查考察，直接到群众中去走访，与他们促膝谈心，经常是夏天冒着酷暑，顶着烈日，冬天冒着寒风，在黄土加沙的工地上调查考察，与干部群众、工程技术人员座谈，询问他们的实际困难，与他们同吃一锅饭，父亲无论走到哪个基层单位，他的一言一行，他的艰苦朴素的作风，都感染着每一个下属单位，每一个县、乡、镇的干部和群众。父亲经常对我说："我这个人从来不讲究，有地方住，有饭吃就行，简简单单过日子比什么都好。"这是父亲一生廉洁自律的真实写照。

父亲在四川工作七年，身上穿的还是从北京带去的深蓝色的咔叽布中山装，这是父亲平时最喜欢穿的衣服，虽然衣服已褪色，但父亲始终穿着这件中山装，到基层调查考察工作也是穿着这件衣服，还有那双在部队时的军绿胶鞋，这件中山装和胶鞋一直陪伴着父亲七年的时光。父亲从四川调回北京工作，这双胶鞋仍然没有"退役"，它跟着父亲走南闯北，到外地研究所开会、出差都穿着它，父亲说："这件中山装和这双胶鞋虽然旧了，但它陪伴了我几十年，我真舍不得扔掉它。"我翻开父亲工作时的照片，有几张照片是到新疆、西安等研究所开会时照的。照片里的父亲依然穿着那件深蓝色咔叽布中山装，脚上穿着与众不同的胶鞋，那是80年代的照片，可父亲的装束依旧不变,还是像20世纪六七十年代那样朴朴素素,那样平平常常,永葆革命本色。

父亲在四川七年所经历的生死关、所度过的艰难岁月,使我终生难忘。

父亲经常对我们说:"人的一生,是奋斗的一生,是有追求有理想的一生。"父亲的话激励我一生。

# 第三章 在中国科学院的日子里

## 一、从三线建设到中国科学院

1978年，父亲从四川调到中国科学院工作，任中国科学院政治部副主任，同年8月任中国科学院副秘书长、党组成员。1981年6月任中国科学院纪检组副书记，1983年3月任中央纪委驻中国科学院纪检组组长。

中国科学院政治部主任王屏是父亲的老相识，他们既是老乡又同是从兴国走出的将军，彼此之间倍感亲切。王屏对父亲说："钟主任，我们真是有缘分，不仅是兴国老乡还是搭档，太好了。"父亲说："是呀，我们从部队到地方，我们共同的目标就是为实现四个现代化作贡献。"父亲正是为实现这个诺言，在科学院工作的日子里，为了使工作有条不紊地开展、运作起来。父亲披荆斩棘，日理万机，经常加班加点。尽管单位里的人下班了，但父亲办公室的灯光依然亮着，父亲在灯下聚精会神批阅文件，母亲经常打电话催促父亲回家吃饭，父亲安慰母亲说："你们先吃饭，不用等我。"母亲了解父亲的脾气，不管做什么事情，都要做好为止。父亲一辈子常说的一句话："人这一辈子，要有奋斗目标，要有自己的理想与信念。"每次加班父亲总是让高秘书正常下班，自己在办公室里一直工作到把最后一份文件批阅完毕，才肯放下手里的工作，这时的窗外已万家灯火。在回家的路上，司机金师傅关切地问父亲："钟主任，要多注意身体，别累坏了。"父亲说："没关系，我已习惯，金师傅你也晚回家了。"父亲就是这样，为了科学院的工作，兢兢业业、任劳任怨，使科学院有关工作逐步走向正轨。

为了尽快熟悉工作，院政治部首先召开不同层次、不同年龄的干部座谈会，充分调动大家的积极性，不搞"一言堂"，听取各方面的意见。其次走访院机关及各个研究所，搞实地调查研究。

## 第三章 在中国科学院的日子里

**1984年,父亲在外地调研工作**

父亲来到科学院,有许多工作要尽快熟悉,当时北京地区40多个研究所,父亲都走遍了,走到哪个所,父亲都要到科研第一线,与科技人员交谈,询问科研设计、科研成果、实验室等情况,从工作到生活,鼓励科研人员要尽快把科研项目研制出来,并告诫科技工作者,我们国家目前的科技发展赶不上发达国家,但是中国的科技事业,在不久的将来定会赶上或超过世界先进水平。你们科技工作者是国家不可缺少的栋梁和财富,你们担负着高精端科研项目的研究工作。当祖国需要你们的时候,你们要坚定信心，为祖国的科技事业贡献力量。科技人员听了父亲的发自肺腑之言，无不受到心灵震撼，他们纷纷表示，一定要响应党的号召，把"文化大革命"耽误的时间抢回来，齐心协力搞科研，不辜负党和人民的厚望。

父亲每天日程排得满满的，从早忙到晚。有时连水都顾不上喝，连日奔波下基层，身体不适发出警报的时候，父亲经常服药继续工作。

有一次，高秘书汇报工作，看见父亲吃药，高秘书关切地问父亲，而父亲瞒着高秘书说："我的药忘吃了，今天去数学所，你安排一下。"父亲不顾自己的病，经常是兜里揣着药瓶，拼命地工作。仿佛又回到硝烟弥漫的战场，继续奋战在新的征途上。父亲坐在去所里的车上，感到头晕不适，高秘书对父亲说："现在马上去医院看病，别耽误病情。"父亲执意不去医院，汽车驶进数学所，高秘书把父亲扶到所办公室，父亲第二次从兜里拿药服用，休息片刻后挥手对高秘书说："不能耽误时间，马上开会。"

父亲硬是坚持两个小时会议结束，并对高秘书说："今天的会开得很成功，大概是吃了那两次药起了作用，我的老伴知道我有头晕的毛病，经常给我备上药。"高秘书说："钟主任，是您坚韧不拔的毅力战胜了疾病。"父亲说："干革命就要有拼劲，要有不怕牺牲的精神。"

父亲为了尽快开展工作，就像拧紧的发条一样，一发而不可收拾，父亲的敬业精神一直影响着院机关的工作人员。尤其是秘书高凤春同志最了解父亲，他是1979年1月起担任父亲的秘书的。父亲的崇高思想境界和高尚品质深深地感染着他。

院机关的同志常见父亲兜里揣着硝酸甘油和高血压的药，带病坚持下基层开展工作，听取汇报。身边的同志多次说："钟主任，要注意身体，明天再去下一个所吧。"父亲坚定地说："'文化大革命'已经耽误了很多时间，我们的工作还要加快速度。"一连几天，父亲顾不上休息，能走到的地方都走到了，使研究所逐步健全各项规章制度和岗位责任制。

在这段时间里，父亲始终坚守在工作岗位，终因积劳成疾晕倒在科学院电梯里，大家及时把父亲送到医院急诊室，医生说："中风，幸亏就诊及时，否则后果不堪设想。"在医院输了几天液，仍没脱离危险，医生对母亲说：

"钟老病重,需要继续留院观察。"但父亲一心想着工作,坚持出院,重返工作岗位,这种忘我工作的精神感动了机关的工作人员。他们说:"钟主任,对工作执着和敬业的精神,是我们学习的榜样,我们更应该加倍努力工作。"父亲以身作则的表率作用,践行了共产党员的高尚品质。

科学院保卫局是负责科研保密工作的重要部门。尤其是所里的精密仪器,必须慎之又慎健全各个环节的保密条例。父亲亲自到保卫局,并制定了保密工作的岗位责任制,具体落实到各部门,严防泄露国家的重要信息,确保了科研信息的保密性及安全性。

**1983年11月,父亲与秘书高凤春在新疆天山**

## 第三章 在中国科学院的日子里

父亲每年都去京外调研，了解调查分院研究所在基建、后勤等方面的情况，实地考察掌握分院发展动态。京外12个分院，都留下父亲的足迹。

1979年3月份，父亲去杭州开会，下了火车顾不上休息，便主持了在浙江大学召开的基建、物资会议，听取分院领导的汇报，提出了具体工作实施方案，并询问了基建工作投资的项目和落实实施的项目，改革并制定了工作措施，以及下一年的工作计划及设想。

1983年11月，父亲下了火车不顾旅途辛苦，冒着严寒，来到了新疆物理研究所、新疆化学研究所、新疆地质地理研究所等调研。了解所里工作进展情况，落实后勤保障工作，落实科研人员在住房待遇上还有哪些问题没有解决，考察了分院基础设施等情况，听取了下一年的工作计划。工作之余父亲和高秘书来到天山脚下，身后是一排排重峦叠嶂的松树，碧波荡漾清澈见底的湖水，映照着松树的倒影，父亲和高秘书在此合影留念。这张照片是跟随父亲多年的高秘书，亲手交给我和姐姐的。也许是对父亲有深厚的感情，他回忆起父亲来滔滔不绝，和我们姐妹俩讲了两个多小时，我们考虑高秘书已是76岁高龄的老人，身体又不好,劝他回去休息,他好像还有许多话要对我们讲,表达了对父亲深深的敬佩。父亲晚年回忆时说:"高秘书这个人,工作很细致,处理问题也有能力,跟随我多年,有好几次身体不适,出现险情,都是他果断处理,我才转危为安。"父亲的话语中无不带着感激之情。

父亲和蔼可亲,平易近人,在机关工作时,父亲不管遇见谁都打招呼,一点架子都没有。平时在机关大食堂就餐,还经常从家里带饭,艰苦朴素的作风始终初心不变,机关上上下下的领导与群众,都对父亲非常敬重钦佩,父亲一辈子做事"讲党性,讲原则",一直保持着人民公仆的光辉形象。

## 二、整顿党风　勤政廉洁

1983年1月,中央纪律检查委员会成立,并派驻纪检组到中央各部委,恢复纪检机构,加强党的廉政建设。父亲是中央纪律检查委员会派驻的第一任驻中国科学院纪检组组长。

## 第三章 在中国科学院的日子里

父亲担任纪检组组长后,首先抓两件事:第一,坚决贯彻党的方针政策,尽快把京内外各所党委纪检部门恢复起来,健全起来,巩固起来,运作起来;第二,走访院机关及各所,宣传纪检工作的意义和重要性。父亲亲自起草纪检工作的文件及规章制度,使纪检工作逐步健全,逐步完善。

**1985年,父亲在外地考察工作**

党的十一届五中全会向全党提出的一个重要任务是"切实搞好党风"建设。父亲在纪检会议上就《关于党内政治生活的若干准则》的规定，并结合全院机关、京内外各所实际情况，强调加强党的建设是端正党风、严肃党纪的基础，强调做好纪检工作要把着眼点放在党员教育上，尤其强调党员要做到"言行一致，表里如一，始终如一"，父亲说："对党员要进行艰苦奋斗的教育，与人民群众同甘共苦的教育，才能把党和群众的鱼水关系永远保持下去。通过这样的教育，一个党员才能养成共产主义的品德和高尚情操，才会逐渐形成一种优良的党风。"

端正党风，党的基层组织负有重要责任。父亲在院机关干部会议上说："党的基层组织是率领党员和群众执行党的方针、政策的重要组织。我们维护党规、党法、搞好党风，首先要靠广大党员和党的基层组织发挥作用，尤其是发挥党支部的战斗堡垒作用。"

父亲每年到京内外各所开会，针对五中全会制定《关于党内政治生活的若干准则》（简称《准则》）的贯彻执行情况，督察党风、廉政建设实施落实问题。制定相应的纪检工作方针、政策。了解基层各所领导班子的情况，特别是党的团结问题。在调查中发现，有些所领导之间在政治生活中存在意见分歧，父亲说："你们把不同意见摆在

## 第三章 在中国科学院的日子里

桌面上,经过激烈的争论,求得认识上的统一,有利于问题的解决。"有些所在执行民主集中制上存在问题。父亲说:"对这个问题我也作了一些了解,我认为要进行分析,对一些重大问题,都要经过集体讨论决定,至于有争论的问题,要按照少数服从多数的原则作出决定。或者在认识还不完全一致的时候,暂缓作出决定,等待意见成熟以后再作决定,这是符合党的原则的。"父亲的主张得到了所领导的赞同。

科学院纪检组根据中央《关于打击经济领域中严重犯罪活动的决定》(简称《决定》)的精神,坚决贯彻执行党中央的决策,在科学院深入开展打击经济领域犯罪活动的斗争。父亲在纪检工作会上说:"我们从事纪检工作,在检查、办案中要全面了解情况,不能偏听偏信,绝不能草率地、主观地、片面地决定问题、处理案件。"号召党员干部带头不搞特殊化,以身作则,同身边的歪风邪气,同有损国家,有损人民利益的犯罪分子作坚持不懈的斗争。这次座谈会的召开,具有重要的历史和现实意义。

父亲带领纪检组数次到全院机关、京内 40 多个研究所,做深入细致的调查巡视。在调查过程中,纪检同志反映办案牵涉到领导干部时难办、知情人不说实话难办、替被检查人说情难办。因此，有的纪检同志对工作产生畏难情绪，感到查处一个案子阻力很大。父亲再三强调，我们每一个纪检干部，要立场坚定，旗帜鲜明，敢于斗争。

根据群众揭发检举，科学院109厂存在重大经济案件，父亲当即上报党委立案。在前往109厂的路上，父亲突发胸闷，全身大汗淋漓，在这危急时刻，高秘书从父亲衣兜里拿出硝酸甘油，放到父亲嘴里，父亲身体缓解后说："不要管我，抓紧时间去109厂。"父亲不顾自己安危，以坚强的毅力坚持去109厂查案，就像当年行军打仗一样，带伤拄着拐杖，跟上大部队，纪检组的同志为父亲大无畏的精神所感动。

在109厂调查取证的过程中，109厂采购员沈晓平贪污公款36万元。父亲深知此案是重大案件，并立即上报科学院党组，科学院党组非常重视纪检组上报材料，立即批复纪检组尽快查处此案，并上报中央纪律检查委员会。

父亲根据院党组的批示，召开纪检组全体人员会议。并在会上说："同志们，摆在我们面前的任务非常艰巨，我们再次去109厂复核此案,立即行动吧。"父亲抱病亲自带队奔赴109厂,他说:"现在是此案的关键时刻,我必须去。"父亲就是这样的人,一生都是兢兢业业忘我工作,为了109厂这个大案、要案,父亲一直带病坚持工作。

在纪检组审理此案时,在确凿的证据面前,沈晓平拒不交代犯罪事实,气焰嚣张。父亲严厉地说:"在法律面前,我们绝不冤枉一个好人,也绝不放过一个坏人,国有国法,谁要是触犯法律,一定要严惩绳之以法。"父亲的威严给了沈晓平有力的回击,在确凿的人证物证面前,沈晓平终于低头认罪,交代了所有犯罪事实,并移交司法机关处置,最终判处沈晓平死刑。

父亲长长出了一口气,这么多天的艰辛,这么多天的努力,终于圆满完成了中纪委、院党组交办的任务。

当年此案堪称"京都第一大案""科学院大案"、要案,《北京日报》报道了此事。此案受到中纪委的高度重视及评价,在此案处理中,科学院党组多次评价纪检组办案果断、工作突出,并受到院党组的好评。

"京都第一大案""科学院大案"等大案要案的处理,

是一场特殊的斗争。这场斗争对全院职工是一次别开生面的教育，对促进党风、党纪和社会风气的好转发挥了重要作用。

在此案表彰会上，父亲宣读了中纪委的通报表扬，大家顿时欢呼雀跃，把赞许的目光投向父亲。父亲谦虚地说："功劳是大家的，是我们纪检组全体成员共同努力的结果，是我们集体智慧的结晶，在这里我向大家说一句，同志们辛苦了。"掌声经久不息，是给予父亲的赞扬与敬佩，胜利的喜悦充满整个会场。

虽然第一战役初战告捷，但父亲始终从整顿党风入手，加强党风、党纪教育，继续铲除科学院的毒瘤。继"京都第一大案""科学院大案"要案告破之后，科学院纪检组又查获了一起经济犯罪案。地球物理所的工作人员司政施，是从原建材工业部调到所里从事采购工作的。因父亲在原建材工业部工作过，是他的老领导。他经常找父亲套近乎。司政施利用工作之便，在管理器材上做手脚，他欺上瞒下，伸出罪恶的双手倒卖钢材、沙发弹簧垫等，以非法牟取暴利为目的。

父亲接到所里举报司政施的材料，听取所里有关人员的汇报，果断地对纪检组的同志说："现在就去地球物理所，越快越好核实此案。"这是继"京都第一大案"之后的又一重案。

父亲带领纪检组人员来到地球物理所，马上召开所领导及有关人员会议，父亲在会上说："在经济改革的大好形势下，有少数人借着改革的幌子，搞不正之风，搞投机倒把，套购国家紧缺物资，牟取个人利益，损坏国家利益，败坏党纪。根据检举司政施贪污公款6000元，并经过调查核实，情况属实。在处理此案上，绝不姑息，绝不手软。"

在审案期间，司政施特意带着礼品登门拜访父亲，并对父亲说："老领导，请您手下留情。"父亲斩钉截铁地说："司政施，我绝不会以权谋私，纵容包庇侵吞国家财产的违法者，你要坦白交代一切问题，争取宽大处理。"父亲铁面无私坚定的态度，使司政施无话可说，灰溜溜地走了。在此案处理期间，有一些人打电话为司政施说情，但都被父亲坚决抵制。父亲说："必须严打经济领域中的犯罪分子，有一个，惩治一个，以严肃党纪、党风。"在如山的铁证面前，司政施认罪并移交司法机关处理，并宣判 5 年有期徒刑。这是继"京都第一大案""科学院大案"要案之后又一告破的经济大案。

在连续查办科学院两起重大要案中，纪检组受到科学院领导高度评价和赞扬。

父亲在科学院工作 12 年，尤其在坚持原则问题上，刚正不阿从不怕得罪任何人。高秘书至今记忆深刻的一件事情：那是当年在录取一名研究生的会议上，根据群众举报，有一名报考科学院研究生的考生，在考试中作弊，经调查情况属实。但此人有政治背景，有上层领导出面说情。在讨论保留他的录取资格的问题上，争论得很激烈。父亲在会上伸张正义，顶着很大的阻力，毫不畏惧提出自己的见解，与那些违反原则的人展开了一场激烈的争论。父亲言辞犀利的发言直逼要害，尽管有上面领导说情，但父亲坚定的立场，丝毫没有动摇与不正之风的较量，父亲坚持原则据理力争。父亲在发言会上说："如果科学院录取了这名违规违纪的研究生，我们就违反了教育部录取研究生的考核制度，助长了歪风邪气的滋生。中国科学院作为国家科研的最高机构，科学是最讲严谨认真的，考试是在公平竞争的基础上选拔人才，如果对考试作弊的人开绿灯放行，把品学兼优的人才拒之门外，那是我们工作的失职，会严重影响科学院的名望与声誉。"在父亲极力坚持下，经过激烈的研讨，最终这位考生未被录取。当时在场的工作人员都为父亲敢于坚持原则、不怕得罪权势的精神所震撼。父亲因为这件事情，受到不公正的对待。他斩钉截铁地说："我不怕得罪任何人，即使自己受委屈，也要坚持原则，我手中的权力，是党和人民给予的，必须弘扬正气。"父亲那善良正直、真诚质朴、淡泊名利的品质，是他一生的真实写照。父亲一贯是坚持原则的典范。

1985年5月，纪检组在怀柔干部管理学院举办了"中国科学院纪检干部进修班"。父亲亲自挂帅，亲自指导，当年父亲已是70岁的老人，他仿佛忘掉了自己的年龄，心无旁骛为党和人民做事，与进修班学员吃住在一起，共同生活了两个月。

白天在教室里随堂听课，课下与学员共同讨论。讨论的气氛热烈而温馨，学员的提问，父亲不厌其烦地解答。晚上，父亲走访学员宿舍，问寒问暖，亲切交谈。父亲深情地对他们说："你们要珍惜这次学习机会，组织上既然派你们来学习，你们就要认认真真地学好。作为一名纪检干部，要进行党性、党纪、党风的教育。要不断学习，不断提高思想觉悟，具备一定的纪检干部管理素质。"学员们说："老领导，我们一定牢记您的嘱托，做名副其实的纪检干部。"父亲脸上露出了满意的笑容。

父亲在进修班的两个月里，由于天气炎热，蚊子叮咬，身上起了一片一片的疙瘩，父亲是过敏体质，浑身瘙痒难忍，再加上水土不服，更是雪上加霜。他强忍着，终于有一天，父亲病倒了。高秘书搀扶着父亲来到医院，并不乐观的结果令人唏嘘，白细胞指数12000。医生说："合并感染，需输液治疗。"可父亲到医院输完液，第二天又站在进修班的讲台上给学员上课。红肿的双腿又疼又痒，但父亲坚持上完这堂课，以大无畏的红军精神彰显老革命的风采。当高秘书把父亲的病情告诉学员的时候，他们无不为父亲的精神所感动。

父亲输了三天液，医生再三嘱咐："再吃三天药，继续休息。"但父亲一天也没休息，他对工作炽热忠贞执着的精神，激励着进修班所有人。他们说："老革命的红军精神，就是我们学习的榜样。"

秘书高凤春现在回忆起这段往事时，深有感触地说：

"你父亲是走过二万五千里长征的老红军,他身上仍然闪烁着红军精神。他时时刻刻总是为别人着想,顾及自己很少。在怀柔纪检干部进修班,共同生活的两个月里,我了解你的父亲,一位开国将军博大的胸怀,崇高的革命信仰。他是我的老领导,有幸在他身边工作多年,我学到了你父亲对工作兢兢业业、无私奉献的精神。学到了你父亲在生活上不搞特殊化,吃住与大家一样,保持着艰苦朴素的优良作风,你父亲留给我们的都是宝贵的精神财富。我们要把你父亲的光荣传统,永远继承发扬下去。"

父亲在纪检部门工作多年,作为纪委副书记、纪检组组长,他仍然精神抖擞,以永不懈怠的精神状态和一往无前的奋斗精神,始终坚守在工作岗位上,他为党把好关,不计个人得失,不怕打击报复,坚持原则,勇于担当,向违背组织原则、破坏党风的歪风邪气作不懈的斗争。他充分发挥政治工作优势,努力加强全院党的建设和机关作风建设,努力做好全院纪律监察工作,为推动中科院创新发展和干部队伍建设,更好地服务我国现代化建设作出了重要的贡献。

## 三、绞尽脑汁

1978年在父亲任副秘书长期间，负责全院的住房分配。当时，中央领导十分关心知识分子的住房问题，邓小平特批："建三栋高研楼"，并要求尽快实施落实。

父亲亲自挂帅，立即召开基建局有关领导座谈会，会上父亲说："根据小平同志的特批，院党组的批示，要求尽快建三栋高研楼，这是'文化大革命'之后落实科技人员的重大政策问题，我们要解决好他们的住房条件。让科技人员安心搞科研，为中国科技事业作出更大贡献。"会上大家集思广益，献计献策，提出了许多可采纳的提案。

父亲为了建高研楼，一心扑在工作上，走访北京地区40多个研究所，与老科学家、科技人员亲切交谈，与他们做知心朋友，征求他们的意见，询问他们生活上的困难，提出重点要解决的问题，父亲在随身带的笔记本上，详细记录了每一位老科学家、科技工作者的心声。在急需要处理的事情上，用红色铅笔做记号，回到办公室父亲戴上老花镜，拿出笔记本重新整理归类。第二天，父亲再次召开基建局、行管局负责人会议，在会上父亲说："走访了北京地区研究所，我这个笔记本上记录了老科学家、科技人员的肺腑之言，他们流着泪对我说：'钟秘书长，我们没有过多的要求，只是盼望组织上能解决我们的住房问题。'这是知识分子的心里话，我们没有什么条件可讲，克服一切困难，能早一天动工，就绝不拖延一天。"与会者一致赞同父亲的主张。

父亲到高研楼巡视施工进展情况，回到院机关，已经错过了吃午饭的时间，高秘书对父亲说："我到食堂让师傅炒几个菜。"父亲说："不用那么麻烦，你到食堂打一个剩菜，再加一碗米饭就行了。"高秘书走后，父亲坐在办公桌上，认真地写着工作纪要。当高秘书把饭菜放到父亲桌上时，父亲还在批改文件，当他把手里最后一份文件批改完，此时米饭和菜已经凉了，高秘书知道父亲胃口不好，正要把饭菜热一下，父亲摆手说："高秘书不用了，你的饭也凉了，赶快吃吧。我用开水热一下就行了，这比战争年代强多了，起码有饭吃，还能吃饱，我这个人没那么多讲究。能填饱肚子就行了。"

吃过午饭父亲拿起公文包和高秘书来到半导体所，先与科技人员座谈，父亲说："粉碎'四人帮'后，中央领导和院党组都非常重视和关心科技人员各方面的待遇问题。你们急需要解决的问题，就是住房问题，只有生活条件改善了，才有利于你们更好地在科技战线上为祖国争光。"

父亲话音刚落，有一位老科学家说："钟秘书长，听完您的讲话，我心情很激动，您的话说到我们心坎里了。党中央和院领导关心体贴我们科技人员，我们还有什么理由不出成绩，我们一定要把'四人帮'耽误的时间抢回来，我们努力工作、多出成果。报答党和人民对我们的殷切希望。"这位老科学家的发言，代表了科技工作者的心声，博得广大科技工作者的共鸣。散会后大家兴奋的心情仍未平静，仍围着父亲要问许多问题，父亲不厌其烦地一遍又一遍地解答。

汽车离开半导体所已是繁星当空，坐在车上的父亲深情地对高秘书说："建三栋高研楼，我们的任务很艰巨呀。"

回到办公室，父亲在灯下起草公文，这时高秘书拿着文件夹，本想给父亲汇报工作。可看到父亲那么认真地埋头书写，一点都没有察觉高秘书在身旁。高秘书实在不想打扰父亲，在父亲身边足足站了5分钟。这5分钟是不寻常的5分钟，是对老革命、老领导的敬仰之情。

在建高研楼期间，从选址到施工进度方案、施工的每一个关键步骤，都倾注了父亲的心血。遇到施工中的问题，父亲都要亲自召开院方与施工方的会议，多次协商，直到问题解决为止。

尤其是对高研楼的施工质量，也是父亲担心的事情。父亲在召开基建局和施工方的有关领导会议时说："建三栋高研楼的实质性问题是质量，施工单位必须要把质量放在第一位。我们要以高质量、高标准、高效率的工作作风，完成党和人民交给我们的艰巨任务。"基建局的领导会后握着父亲的手说："钟秘书长，您放心，再大的困难，我们也要顶着12级台风，知难而上，想方设法保质保量，完成党中央、院党组交给我们的任务。"父亲握着他的手说："好样的，有你们这句话，我就放心了。"父亲的习惯用语"好样的"时常挂在嘴边上。在战争年代，有多少战士听到父亲说"好样的"，拿起枪冲向战场，向着敌人的炮火前进、前进，把胜利的旗帜插在敌人的阵地上。祖国建设时期，父亲同样用这句话，激励着为建高研楼作出不懈努力的建设者和为之付出的所有人。

父亲冒着酷暑去高研楼施工现场，听取施工进度汇报，并询问施工质量情况。父亲对他们说："你们一定要严把质量关，保证施工周期，按时交付使用。你们有信心吗？"他们对父亲说："钟秘书长，您多次来指导我们工作，今天又冒着酷暑来检查工作，您放心，我们用质量诚信作担保，保证按期交付使用。"父亲笑着说："工程竣工质量验收是最后的环节，也是最有说服力的诚信。"

紧张的工作节奏使父亲已感到力不从心，回到办公室，高秘书搀扶父亲坐在沙发上，并问父亲："钟秘书长，我扶您到院医务室去。"父亲说："不必了，我抽屉里有清凉油，抹在太阳穴上一会儿就好，这还是老伴给我准备的，挺管用的。"过了一会儿，父亲对高秘书说："我现在好多了，不用去医务室了。"

父亲无论是酷暑，还是严寒，数次来到高研楼工地，多次商讨工程情况，经过不懈的努力，终于建起了高高耸立的三栋高研楼。

## 第三章 在中国科学院的日子里

在剪彩仪式的前一天，父亲心情无比激动，下班之前，父亲对高秘书说："明天参加剪彩仪式，多少个日日夜夜的酸甜苦辣都融入到这一瞬间。我们可以向党中央和院党组交代了，可以向科学家交代了。"高秘书说："钟秘书长，您为建三栋高研楼绞尽脑汁，不顾自己的身体，我在您身边工作多年，看到的一切，使我终生难忘。"父亲说："高秘书，你也是非常敬业的好同志，我们一起走过了不寻常的日子。"

回到家父亲在饭桌上对母亲说："今天我很高兴，也很欣慰。三栋高研楼明天就要举行剪彩仪式了，我们完成了党中央和院党组交给的艰巨任务。"母亲说："太好了，老钟你为建高研楼，加班加点工作，瘦了许多，你这把年纪，从来都不关心自己的身体。"

父亲说："干革命在任何时候，不讲条件，不讲报酬，要说辛苦大家都辛苦。"

第二天一早，父亲参加高研楼落成典礼。父亲望着拔地而起的高研楼，思绪万千。从选址到中标，再从一砖一瓦地盖起来，这里面凝聚着党中央、院党组对科学家的亲切关怀，也洒下了建设者的辛劳和汗水。

院领导及父亲在剪彩仪式上讲话。剪彩仪式热烈而庄重。父亲最感叹的是：我们不仅仅是盖起了三栋高研楼，而是把党的政策、党的关怀落到实处，解决了科学家、知识分子多年的心愿，科学家、知识分子终于有了自己满意的家园。

高研楼的竣工是一件令人快乐的事，可下一步的分配问题，也是最棘手的问题。

父亲召开行管局有关领导会议，父亲在会上说："经过多方努力，三栋高研楼建起来了，现在我们的任务，就是要拿出合理的住房分配方案，让院党组、科技人员看到我们的分配方案，是公开、公正、透明的，让科学家相信我们，在分配问题上，一定要讲原则，下一步要开展深入细致的调查研究。尽快拿出方案。"

父亲来到高能所。第一时间听取分配方案的汇报，并在会上发言："住房分配问题是一项复杂工程。你们一定在坚持原则的基础上，做好调研工作，层层审核，确保无误。"

父亲和行管局有关领导多次走访北京地区 40 多个所，与所领导反复商讨。经过一段时间的酝酿，第一批一级研究员的分配名单张榜公布。得到了院党组和研究员的赞同。

在半导体所有些人为了争房子，闹得不可开交。父亲听到此事后，亲自来到半导体所调研解决。所领导握着父亲的手说："钟秘书长，您在百忙之中，不论大事、小事总是挂在心上，真为我们排忧解难。"

事后，行管局有关同志对父亲说："钟秘书长，您作为领导干部有些事情可以坐镇指导，可您从来都是亲自下基层，没有官架子。党的优良作风在老革命身上处处发扬光大。"父亲说："作为领导干部最重要的一点，不能官僚主义。这是必须要做到的。"

2012年父亲住院期间，向我讲述了当年科学院第一批一级研究员的住房分配问题，他老人家仍然记忆犹新，情绪激动，仿佛就像不久前发生的事情。我记得父亲说过这样的话："分配高研楼，可不是件容易的事。当时我们承受着来自四面八方的压力和阻力，绞尽脑汁，一次又一次开会讨论，在分配方案上，充分体现党中央、院党组对一级研究员的关怀，此方案赢得了科学院领导及广大科技工作者的好评。"我由衷赞叹父亲为建高研楼所作出的贡献。

每当回忆起建高研楼的往事，高秘书总是对我说："你父亲无论是大事、小事都要去管，也是我非常敬佩的老领导。我从你父亲身上学到了一种精神，那就是忘我工作的精神。你父亲身为高级干部，一点架子都没有。无论是到院机关开会，还是下到研究所调查工作，走到哪里，都能跟不同级别、不同年龄的干部和群众融入在一起，在温馨和谐的气氛中畅所欲言达成共识。在群众中有很高的威望。是科学院德高望重的老领导，受到大家的爱戴。"

父亲在分配高研楼这件事上，大家对他的评价是："坚持原则，一视同仁，不徇私情，秉公办事。"父亲离休多年后，老科学家、科技工作者都很怀念他。

## 四、率先垂范

1965年父亲从部队转业到地方，在建材工业部、四川省基本建设委员会和中国科学院工作期间，始终为坚持党性、勤政廉洁作出表率，以身作则，不搞特殊化，严于律己，表现出一位老革命的高尚品质。

## 第三章　在中国科学院的日子里

1979年，有一批从军队转业到地方的老同志，又重新回到军队。王屏就是其中之一，他离开科学院之前，特地到家里看望父亲，并郑重其事对父亲说："钟主任，抓紧时间办回部队之事，我们戎马生涯几十年，对部队有深厚的感情，我建议你要认真考虑，千万别错过机会。"父亲何尝不想回部队，当时海军政委李耀文是父亲的老战友，同在六十七军工作过，李政委把父亲的情况亲自呈报杨得志司令员，并得到杨得志司令员的批复准予回部队。父亲把此事告诉了母亲，我们全家都为父亲高兴。但父亲不这么认为，经过深思熟虑后，忍痛割爱放弃了回部队的机会，婉言谢绝李政委的好意。并说："我既然来到地方工作，就不回部队了，既然来到科学院工作，就要把科学院的工作做好。"为了这件事情，许多老战友多次劝说父亲，都没有动摇父亲毅然决然地坚守地方工作，父亲宁肯放弃部队的优厚待遇，一切服从党的安排。

父亲一生非常简朴，家里仍然保留着20世纪五六十年代的旧家具。至今在父亲卧室里摆放着一张写字台，这张写字台是父亲1965年从部队到北京时，建材工业部为父亲配备的。黄色的漆皮随着时间流逝已经露出了木头本色，桌面上脱落的漆皮疙疙瘩瘩记载着父亲与它为伴的时光。家里多次提出买一张新的，父亲说："这个桌子虽然破旧，但我用了几十年，要说换掉它，我还真有点舍不得，既然能用，就让它继续发挥作用。"朴实无华的话语，代表了老一辈勤俭节约的风范。

在父亲房间里的那把木椅，也是使用了几十年的见证物。虽已摇摇晃晃破旧不堪，但依旧保留在父亲的房间里。每当看到这把木椅，如同看到父亲坐在这把木椅上读书看报的情景。父亲艰苦朴素、勤俭节约的光荣传统，始终激励我不忘初心，砥砺奋进。

家里的沙发是1965年来北京，建筑材料工业部配发的。客厅沙发从1965—1995年整整使用三十年，母亲过70岁生日，是坐在这张沙发上合影的。沙发扶手已破损松动，尤其是沙发外面的棉布，由于长期磨损，布面网状棉线重叠一起，露出片片棉絮，父亲说："铺上垫子，盖住露出的棉絮，我还能坐在沙发上读书看报。"母亲想出一个好办法，做了一个浅绿色的沙发套，既能用又美观，整个客厅显得蓬荜生辉。直到沙发弹簧坏了，不能使用才换了一张新沙发。

## 第三章　在中国科学院的日子里

家里的书柜是1965年从67军带来的，样式陈旧笨拙，至今已使用了52年，书柜的玻璃碎了不知换过多少块，但父亲对它情有独钟，他对我们说："虽然柜子外表又旧又破，但它结实耐用，陪伴我几十年，这个柜子能摆很多书，我的观点是不注重外表，能用就用，能省就省，继续发挥它的作用。"父亲一辈子都是勤俭节约的楷模。

父亲穿的中山装，还是70年代咔叽布的旧款式，洗得露出白边还穿在身上，几十年如一日。他穿的棉毛裤已经洗得褪色。裤子上的小洞越来越多，让母亲缝补，母亲戴着老花镜一针一线地织补。母亲边补边对父亲说："老钟，这条裤子破的洞太多了，棉布已经不结实了，就是补好了，也穿不了多久。"父亲说："裤子上的洞虽多，穿在身上保暖就行了，能节约的地方，就不要铺张浪费了。"父亲穿的内衣破了，母亲缝缝补补又一年，针针线线凝聚着两位老革命从战争年代走过来，艰苦朴素仍然是父母一辈子追求的目标，体现在生活的方方面面。

20世纪70年代，父亲还穿草鞋散步，大院里的老同志见到父亲穿着草鞋，感到非常惊讶，后来知道父亲是经历过二万五千里长征的老红军，敬仰之情油然而生。大院里邻居亲切称赞父亲："革命一生，朴素一生。"

家里废旧的本或纸父亲都积攒保留至今，在整理父亲房间时，发现父亲的公文包里还可见用大小不一、不同颜色的药名说明书写的战役笔记，是十分珍贵的资料，父亲就是这样不忘初心，永葆革命本色。

父亲的生活习惯，普普通通的一日三餐，不需要特殊的照顾。父亲对家里人说："我不需要吃什么山珍海味，多吃蔬菜保平安。"有时父亲身体不适，母亲告诉阿姨单独给父亲开小灶。父亲知道后，把单独给他做的饭菜分给我们，也分给阿姨，再与家人共同分享，这样他才高兴。阿姨常对母亲说："爷爷真好，对我像家里人一样，我来到这个家感到很亲切，我没想到爷爷这么大的干部，对待我们普普通通的阿姨跟家里人一样。"父亲就是这样一个人，从不搞特殊化。

1983年11月，父亲和秘书高凤春去新疆出差，父亲身穿黑色呢子中山装，这件中山装原是1955年在南京军事学院授予少将军衔时的礼服，父亲非常喜欢这件军服，母亲把它染成黑色，父亲穿在身上几十年，仍然爱不释手。父亲的习惯是只要能穿的衣服，即便是旧了，洗得干干净净还可以穿。即使是破了，缝缝补补再穿，实在补不了，再买新的。

1984年，在长沙召开纪检会议时的一张合影，照片上父亲身穿一身咔叽布中山装，脚穿一双军绿色胶鞋。十三人合影里，唯有父亲穿着咔叽布中山装和军绿胶鞋。这双胶鞋在父亲脚上穿了几十年，父亲仍然珍惜它。母亲几次跟父亲商量，希望父亲能换双鞋，母亲说："老钟，这双绿胶鞋从部队一直到现在，穿了那么多年，该买双新鞋，胶鞋不透气，穿着也不舒服。"父亲说："别看这双胶鞋不时髦、不好看，刮风下雨时，可以蹚水，走起路来脚底不打滑，买双新鞋可以，但这双胶鞋千万别扔掉。"尽管家里人都同意把胶鞋处理掉，但是要尊重父亲的意愿，还是要保留。

父亲住的房子从1965年至2017年，一直住了52年。从未换过房子，在此期间，单位要给父亲换套新房子，但父亲婉言谢绝了，他说："虽然房子设施陈旧了，但住着习惯了，不需要换房子。"

在福利待遇上，父亲37年未涨过工资，他把福利都让给别人，家里子女多，生活也很困难，但从不向组织提出任何要求，严于律己。为了给自己秘书提供进修学习的机会，父亲自己拟写公文，批改文件，这种舍己为人的精神，多么值得敬佩。

父亲生前要求子女非常严格，要求我们不浪费"一粒米、一度电、一滴水"。我们碗里的米饭要全部吃干净。洗菜、刷碗要节约用水。在日常生活中我们遵照父亲的教诲，也是这样做的。在父亲言传身教的影响下，我的装扮也是相当朴素，看不出奢华的痕迹。父亲始终是我的榜样。

父亲一生艰苦朴素的光荣传统一直传承到子女及下一代。20世纪60年代我们兄弟姐妹穿的衣服，都是由大到小轮流穿，我年纪最小，所以总是捡姐姐的衣服穿。记得上小学时，穿的裤子还是打补丁的。在学校里同学看我穿着补丁衣服，嘲笑地说："你在家里最小吧，总是穿补丁衣服来上学。"我满不在乎地说："我没觉得穿补丁衣服不好。"他们看我的态度很坦然，也不好再说什么。以往每天放学后，我都兴高采烈地又蹦又跳唱着歌，一路小跑回到家，那天放学回到家，我显得心事重重，话也少了许多，妈妈看我反常。追问我："你今天哪里不舒服吗？"我说:"妈妈,没有不舒服。只是……"我不想再给母亲添麻烦。晚饭后,我在灯下背课文,父亲轻轻地走到我跟前说:"你今天好像有心事,能跟爸爸说说吗?"我犹豫了一会儿,话到嘴边想说又不敢说,我支支吾吾地说:"爸爸,没什么。就是……"父亲说:"等你考虑好了再说也不迟。"这时,我站起身对父亲说:"爸爸,我穿补丁裤子到学校,同学们笑话我。"父亲听完后,拍着我的肩膀说:"你认为穿补丁裤子好不好?"我说:"我没觉得不光彩,我捡姐姐的衣服穿,为的是节约,不用再买新的,爸爸您的衣服破了,妈妈缝缝补补,您又穿在身上,我就是因为看见您这样做了,所以我也这样做。"父亲用微笑的眼神看着我,并对我说:"你做得非常好,爸爸很高兴,你艰苦朴素的作风值得表扬,记住只要是做得对的事情,不要管别人说什么,一定坚持做下去。"

我的双胞胎儿子从小跟我的父母生活在一起,父亲的一言一行,深深倾注在他俩心灵里。父亲言传身教地告诉他俩,要养成自己的事情自己做,做一件事情要坚持从头做到底,学习上向高标准看齐,生活上不攀比。上小学时父亲告诫他俩田字格本要节约用,草稿纸也要节约用。父亲对他俩说："最重要的是培养良好的生活习惯与道德品质。"身教胜于言传，他俩上幼儿园之前没有买过新衣服，都是同事家的孩子送给他俩的衣服。从上小学到高中没有穿过名牌衣服、名牌鞋。他俩最爱做得事情就是听父亲讲战争年代的故事。

有一次下班回家，看见两个孩子正围着父亲，一个坐在小板凳上，双手放在父亲膝盖上，另一个双手搂着父亲的脖子，脸贴着父亲的脸，正聚精会神听父亲讲平型关战役，听得入神。阿姨叫父亲吃饭，父亲说："孩子们，吃完饭再讲。"两个孩子乖乖地说："姥爷，说话算数。"晚饭过后，父亲绘声绘色地给他俩讲百团大战的经过，他俩边聆听边向父亲提问。至今他俩回忆当年的情景，仍激动不已。并对我说："妈妈，姥爷对我俩革命传统的教育，我们终生难忘。"他俩常说："姥爷是我俩最爱的人，姥爷对我俩最好，我们长大一定要报答姥爷。"父亲的高尚情操潜移默化地影响着孩子们。他俩没有辜负姥爷的期望，都考上了大学。

父亲生前深情地对我说："对待孩子要有耐心，他们就像小树苗一样，需要精心呵护，才能茁壮成长。"父亲的话深深地激励着我。

父亲对老家的亲属从不搞特殊化。他的弟弟来过北京多次，每次来都是因为家里有困难，想让父亲给县政府或乡里说句话给予照顾。父亲耐心做解释工作，劝导他们要自力更生，用自己的双手勤劳致富。父亲严厉地说："弟弟，我是共产党的干部，共产党的干部就是人民的公仆，人民公仆就要两袖清风，廉洁奉公。我不能带头搞特殊化，这是党的纪律。你们在任何情况下，不能有等、靠思想，自己家的困难，自己想办法解决，不能动不动就提出要组织解决，要这，要那，这是很不好的习惯，必须纠正。"

父亲的话让叔叔十分惭愧，他对父亲说："哥哥，你别生气，你说的这些话我都听明白了，我住几天就回兴国，回家后好好种地，努力生产。靠自己的双手勤劳致富，困难再大也不向公社伸手，给哥哥争口气。"父亲听完弟弟发自肺腑的话语，激动地握着弟弟的手说："好样的，哥哥出来参加革命，几十年都没回过家，我也很想家。也很想母亲，我做梦常常梦见母亲，母亲的音容相貌，我一辈子都忘不了。你回家一定替我照顾好老母亲，给她老人家尽孝。"父亲眼神里流露出对母亲深深的思念。

叔叔说："哥哥，你放心，我一定按你说的去做，照顾好母亲。母亲经常在家念叨你，有时母亲做梦还喊你的小名。母亲常干完手里的活儿，想你的时候就站在当年送你当红军的那个山坡上，盼望你回家。"父亲说："唉，我欠母亲太多了，干革命总要有所舍弃，无法忠孝两全。"父亲再三嘱咐弟弟要精心照顾母亲。叔叔临走那天，父亲送了一程又一程，他望着弟弟远去的背影，感慨万分。

1981年，我奶奶去世后，父亲和野丽姐回老家料理后事。晚年父亲跟我提起此事时，父亲动情地说："回想起我的妈妈，我对不起她老人家，我没有给老人家养老送终，这也是我一生最大的遗憾。"其实父亲当年及时赶回去，也许能见到我奶奶最后一面。但父亲没有这样做，父亲一生的目标是：革命利益大于一切，为了革命事业，他从不顾及小家，而顾全大局。

父亲的侄子在服役期间多次给父亲打电话，让父亲找部队领导给予照顾，父亲回答说："你的事情我不能办，不能开这个口子，也不能为你走后门开绿灯，办事情是要讲原则的，不符合原则的事情，不管是谁我坚决不办。你要记住干什么事情都要靠自己的努力，年轻人要有奋斗、吃苦的精神。"侄子说："伯父，您的话我记在心里，我一定照您说的去做，在部队这个大熔炉里，好好锻炼自己。"

三年过后父亲的侄子服役期满，回到原籍江西省兴国县，他只身一人来到北京，让父亲帮忙在北京找工作。他跟父亲说："伯父，您能帮我在北京找一份工作吗？您在北京工作几十年，又是高级干部，找份工作也不难，伯父，我这是最后一次求您。"父亲回答说："你要明白一个道理，你要凭着自己的本事，在社会上去闯荡，不管找到什么样的工作，你都要用一颗平常心去对待，任何工作都没有贵贱之分，你都要一步一个脚印，踏踏实实努力地工作。"侄子说："伯父，我今后要凭自己的本事闯荡，绝不给您丢脸，继承部队的光荣传统，干一行，爱一行，全心全意为人民服务。"侄子回家不久，就在当地煤矿干了几年，后又学了手艺，转行在广州造船厂做技术工作，一直干得很不错。他经常打电话问候父亲的身体情况，并汇报他所取得的进步。父亲回电话说："了解你的近况，我很高兴，你找到了自己满意的工作，这很好嘛！事在人为，只要你肯吃苦，肯钻研，自力更生，勤劳致富，就一定能实现自己的目标，争取更大的进步。"侄子说："伯父，当初按您的教诲，我才走到今天这一步，我感谢您的指点，继续在平凡的岗位上，开始新的长征。"父亲说："我期待着你的进步。"

父亲一生对待自己的亲友严格要求，从不搞特殊，从不凭自己的关系，为他们解决各种各样的实际困难。而对他们进行耐心细致的思想工作，使他们真正从思想上转变到务实，立足靠自己的勤奋和努力，服务于社会。

为了写父亲的回忆录，我和钟娜姐专访了当年父亲的秘书高凤春，我们交谈了三个多小时，他给我们详细介绍了父亲从工作到生活的情况，从他的眼神里流露出对父亲的敬佩与留恋。我和姐姐送他到门口，他告诉我俩："你父亲一生非常坎坷，淡泊名利，从不计较个人得失，从不讲究吃、穿，两袖清风、廉洁自律、艰苦朴素的生活作风，一直影响着院机关的党员干部及广大群众，一直成为院机关传颂的佳话。你俩要好好写写你父亲的人生经历。"听完高秘书所说的话，我感到父亲是非常值得敬重的人，父亲的高大形象永远在我心中。

父亲就是这样的人，一生不贪图名利，不贪图享受，简简单单、平平常常过日子，永葆革命本色。

## 五、院领导的关怀

父亲在科学院工作 12 年，1990 年离休后，一直得到院领导的关怀。全国人大常委会副委员长、中国科学院院长周光召多次来家里探望。有一年，春节前周院长来家里看望父亲，周院长一到家里，母亲热情接待了周院长，当时父亲还在院里散步，姐姐赶紧告诉父亲，父亲进到家门，周院长已站到客厅门口，紧紧握着父亲的手说："钟老，我代表院领导来看您，身体还好吗？我没打招呼就来了。"父亲笑着说："周院长，你什么时候来我都欢迎，我身体还好，谢谢周院长来看我，我非常感谢。"父亲洪亮的声音，回荡整个客厅。周院长与父亲亲切交谈，并关切地询问了父亲的身体情况，并介绍了科学院的发展前景。周院长看父亲思维敏锐，身体健康，临走时用赞许的目光对父亲说："钟老，祝您健康长寿，明年再来看您。"父亲说："好，谢谢周院长。"父亲爽朗地笑着送别周院长。周院长走后，父亲说："周院长那么忙，还想着来看我。"母亲说："周院长没有忘记为革命作出贡献的老同志。"父亲深情地说："院领导的关怀，我也不会忘记。"

2005年，为纪念中国人民抗日战争暨世界反法西斯战争胜利60周年，在9月3日来临之际，全国人大常委会副委员长、中国科学院院长路甬祥专程到家里慰问父亲，路院长亲切握着父亲的手说："钟老，今年是中国人民抗日战争胜利60周年，我代表院领导及全院职工，向钟老为中国革命的胜利作出重要历史贡献，致以崇高的敬意和亲切的问候，勿忘历史，全院职工要以钟老为榜样，传承老一辈的革命精神，激励全院科技工作者为全面推进'创新2020'，作出新的更大贡献。"当路院长把中共中央、国务院、中央军委颁发的"中国人民抗日战争胜利60周年"纪念章交给父亲的时候，父亲说："今天我非常激动，这是一枚历史见证的纪念章，党中央没有忘记我们曾经参战的抗日将士，抗日战争是一场艰苦卓绝残酷至极的战争，中华民族到了最危险的时刻。八路军、新四军抛头颅、洒热血英勇奋战，拼死抗击日本侵略者整整14年，这是中国历史上前所未有的伟大壮举。"路院长说："钟老说得太好了，抗日战争的胜利来之不易，您一定要保重身体，抗日战争胜利70周年的时候，我们再来看您。"

父亲把这枚纪念章一直摆放在写字台上，每天都要看一看，抚摸它，有时父亲驻足在纪念章前端详许久，回忆当年所参加的战役，缅怀当年牺牲的战友。如今我看到这枚纪念章，如同看到当年的父亲，在中华民族危亡时刻，热血男儿奔赴抗日前线，前仆后继，英勇奋战殊死拼杀的壮烈场面。父亲与参战的抗日将士一道，用钢铁与烈火的交迸，铸就坚强不屈的民族脊梁，铸就胜利的民族之魂。

2008年9月11日，全国人大常委会副委员长、中国科学院院长路甬祥来家里看望父亲。那天父亲得知路院长要来，嘱咐姐姐把客厅布置得漂亮整洁些，姐姐按照父亲的意愿，把两个长花架摆放在正中央父亲画像两旁，花架中间摆放着两个用草编织的花筐，一个花筐插上黄色绢花，另一个花筐插上粉色绢花。花架上面摆放两盆云竹，白色的花盆衬托扇形的云竹，温馨气息充满客厅。父亲走进客厅高兴地鼓起掌说："很好，像过节一样漂亮，再摆上水果和糖、花生、瓜子招待路院长。"下午3点整，门铃响起。姐姐把门打开，路院长和邓麦村秘书长一同来到客厅，路院长亲切握着父亲的手说："钟老，明年是新中国成立60周年，您为新中国的解放和祖国建设事业作出了不可磨灭的贡献，您为科学院的发展作出的历史性的贡献，我们都不会忘记。"邓秘书长说："钟老，您是科学院德高望重的老领导，我们都很敬重您。"父亲激动地说："谢谢你们对我的关心，当年毛主席党中央领导中国工农红军历经艰难险阻，经过二万五千里长征胜利到达陕北。事实证明中国革命的胜利只有跟着共产党走，才能取得胜利。"路院长说："钟老，讲得太好了。"随后路院长关切询问了父亲的身体和生活情况，并介绍了科学院振奋人心的发展规划与前景，以及科学院的创新工程。父亲感叹地说："科技事业日新月异，科学院的未来发展一定会走在世界前列。"父亲还谈到人民日报《中国不能再与科技革命失之交臂》的专访文章，表示中国科学院对形势和未来发展的前景看得远、看得准，照这样的思路发展一定会大有作为。路院长说："钟老，您已94岁高龄，思维敏捷，仍每天坚持学习，是我们学习的榜样。"父亲说："我的健康秘诀就是16个字：心态平和，粗茶淡饭，锻炼身体，贵在坚持。"父亲话音刚落，路院长敬佩地说："钟老总结得非常好，值得我们向您学习。"最后，父亲用浓重的江西口音说:"谢谢你们对我的关怀,我的革命生涯已成为历史,还要继续新的长征。"欢声笑语此起彼伏,临走时,路院长和邓秘书长与父亲合影留念。时光虽已流逝,但照片里的父亲和路院长、邓秘书长笑得依然灿烂,令人难忘。

2010年新春将至,家里客厅充满传统节日的气息,一眼望去张灯结彩、喜气洋洋。父亲走进客厅说:"好,好,好。"连说三个好。这一年父亲能在家安度春节,对于父亲来说是件很不容易的事情。

2月9日下午,中国科学院院长、党组书记、学部主席团主席路甬祥代表中科院党组到家里看望父亲,路院长走进客厅握着父亲的手说:"钟老,我代表院党组提前给您拜年,祝您身体健康。"父亲说:"谢谢路院长多次来看我,我也提前给你们拜年,共度新春佳节。"路院长多次提到父亲为科学院的发展所作的贡献,还谈到中国科学院2010年度工作会议的主要内容,还讲了"十二五"规划工作和试点启动"创新2020"工作。父亲动情地说:"听了路院长的介绍,我非常高兴,科学院制定的方针政策,具有前瞻性、战略性,展望未来,展望科学院宏伟蓝图,我们国家的科技事业一定会蒸蒸日上，越来越好。"父亲的话获得在场人员的共鸣和热烈掌声。

2011年3月14日下午，中科院院长、党组书记白春礼到家中亲切看望父亲。白院长代表院党组向父亲表示亲切慰问，并赞扬父亲为新中国的解放、祖国建设和中科院改革发展作出的积极贡献，并详细询问了父亲各方面的情况，征求父亲对中科院创新发展的意见和建议，并要求全力照顾好父亲的晚年生活。父亲拿出新编《中国共产党党史》一书，畅谈中国共产党光辉的历史，还谈了学习体会。白院长听完父亲的叙述，当即问父亲的年龄，父亲说："我今年已经96岁，但每天仍坚持读书看报，这是多年的学习习惯。"白院长看到96岁高龄的父亲仍然坚持学习新编《中国共产党党史》时，白院长由衷地敬佩和赞叹，并说："钟老政治坚定，党性观念强，自觉加强理论学习，不断增强党性修养，活到老学到老的精神和追求值得学习、发扬光大，是我们全院学习的楷模。今年是中国共产党成立90周年，也是纪念辛亥革命100周年，全院要认真组织开展好庆祝纪念活动。要大力宣传和弘扬钟老爱党、爱国、爱科学院，生命不息、追求不止的崇高精神，在全院干部职工中努力营造学习、奋进、创新的良好氛围，激励广大年轻科技工作者创先争优、奋发有为，为全面推进'创新2020'，建设创新型国家作出新的更大的贡献。"白院长的一席话，获得大家一致赞同。临走时白院长与父亲合影留念。白院长和父亲的手紧紧握在一起的情景，仿佛就在眼前。白院长对父亲的关爱与祝福，父亲对科学院的寄语与感谢，都凝聚在这张照片里。白院长当时说的话，至今仍记忆犹新，感动了当时在场的姐姐和我。

2012年新春来临之际，中国科学院院长、党组书记、学部主席团执行主席白春礼院长代表院党组要到家慰问，父亲听说此事，非常高兴。父亲说："白院长每年都来看我，不是在医院看望，就是到家慰问，院领导很关心我们这些老同志，我很感动。"父亲亲自到客厅把水果、干果摆放在茶几上。下午，白院长一进家门，对父亲说："钟老身体还好吗？我来给您和家人提前拜年。"父亲说："还好，我也给你们拜年。"随后白院长谈了科学院推进"十三五"规划实施，以及"创新2020"实施情况。父亲说："科学院的创新发展具有深远的历史意义和现实意义，宏伟蓝图一定会实现。"父亲还说："2012年元旦社论中提到这一年是我国发展进程中具有重要意义的一年，我们党将召开党的十八大，我坚信有中国共产党的坚强领导，有13亿人民的共同奋斗，中国美好的前途充满希望。"父亲话音刚落，白院长和大家都为父亲这种锲而不舍的学习精神所感染。

这一年的春节过得非常有意义，白院长给父亲带来春节的问候，我们和父亲过了一个团圆的春节，当年美好的时光，仿佛历历在目，这是父亲最后一次在家过春节，父亲幸福满满的笑容已成为永久的怀念。

2015年是世界反法西斯战争胜利70周年，也是中国人民抗日战争胜利70周年。9月3日抗日胜利纪念日前夕，中国科学院院长白春礼到北京医院看望父亲，并亲手把中共中央、国务院、中央军委颁发的"中国人民抗日战争胜利70周年"纪念章送到父亲病床前。当时，尽管父亲病重，身体很虚弱，当他看到这枚纪念章时，仍难掩激动的心情，用颤抖的双手抚摸着奖章，睁开眼睛注视着奖章，仿佛回想起70年前，冒着敌人的炮火，浴血奋战，参加平型关战役、百团大战、太原战役等著名战役，用血肉之躯筑起中华民族抗日的钢铁长城。父亲激动地说："党和人民没有忘记我们。"白院长说："您为新中国的解放事业作出了不可磨灭的贡献，祖国和人民永远不会忘记您的功绩。"如今看到这枚奖章，仿佛看到父亲为抗日战争所作出的不朽贡献，这枚奖章是父亲用鲜血和生命换来的，是党和国家给予父亲最高的荣誉。

父亲离休后仍然继续关心党和国家大事，关心中科院的改革创新发展，积极向中科院建言献策，始终不忘初心，永葆本色。父亲活到老，学到老，奉献到老，始终保持了一个共产党员生命不息、战斗不止的革命精神。

父亲从2012年至2017年，在北京医院度过了5年的时光，这期间院领导从百忙之中，多次前往医院探望父亲，白春礼院长在父亲生命垂危的最后时刻，不顾繁忙的工作，亲自到医院看望父亲，并要求院方竭尽全力，尽最大努力制订抢救方案，我们全家深受感动，在此表示衷心的感谢。

# 第四章 难忘的岁月

## 一、幽居的日子

1990年父亲离休后仍然继续关心党和国家大事，关心中科院的改革创新发展，积极向中科院建言献策，始终不忘初心，永葆本色，为党和人民的事业增添正能量。坚持读书看报。他每天上午都端坐在自己的房间里，戴上老花镜，桌子上放一杯清茶，静心阅读。每年的政府工作报告、每届党中央全会报告、讲话及文件辅导材料都是父亲必学内容。对一些重要的论点，反复推敲，反复精读，以求甚解。在学习中认真思考问题，用红蓝铅笔做标记，并做读书笔记。

但父亲毕竟年事已高，学习时间长了，腰酸背疼，头

## 第四章　难忘的岁月

晕眼花，父亲就站起身，伸伸胳膊，捶捶背，在屋里活动活动，到楼下散散步走几圈。午饭很简单，一荤一素。生活很有规律。

闲暇时读一些老战友、老同事送的回忆录，如杨成武将军送给父亲的回忆录《忆长征》，杨将军在扉页上题字"请钟炳昌同志指正"，以此作为留念。父亲带着深厚的感情读完了这本书，回忆当年并肩战斗的情景，仍难以忘怀所经历的长征之路。父亲说："写得太好了，再现了长征的艰难历程，再现了意志坚强的红军精神，是一本不可多得的好书。"

李雪山将军的夫人柏曼卿和父亲同在建材部工作过，父亲是她的老领导。她送给父亲《李雪山将军》（上下册）一书，并题写："钟炳昌首长留念。"她来家里做客时，对母亲说："钟主任一点架子都没有，密切联系群众，处处为群众着想，而且还是一位做政治思想工作的好领导。"父亲谦逊地说："身为党的干部，做每一件事情时心里都要想着人民群众，为人民群众办实事，才能赢得广大人民群众的信任。"父亲正是遵循这个准则，做了一辈子平易近人的领导。

父母在东城区晨光街 10 号（红霞公寓）大院里住了几十年，父亲不管是遇见熟悉的老朋友，还是见到普普通通的电梯工、清洁工，他都要打招呼，父亲平易近人，没有一点架子，大院里的人，都愿意与父亲聊天，都很敬重父亲。对待院里的孩子，父亲童心未泯，经常是兜里揣着糖，下楼散步时分给他们吃，孩子们喜欢这个爷爷，拉着他的手问这问那，父亲在孩子们中间，就像是一个"老顽童"，开心满满。

我们这个院子里曾经住着不同经历的人士。原全国人大副委员长、医学泰斗吴阶平教授就住在这个院子里，父亲与吴阶平教授既是邻居，又是医生与患者关系，平时在院里散步，父亲与吴教授经常打招呼，吴教授深知父亲不凡的经历，非常敬重父亲。1992 年春节前夕，母亲连续便后大出血，我和姐姐送母亲去协和医院急诊室就诊，当时母亲血色素仅 5 克，生命垂危，病房没床位，情急之下我和姐姐敲开吴教授的家门，跟吴教授说明此事，吴教授当时写了一封信让交给他的侄子（时任协和医院院长），在吴教授和院长的协助下，病房临时加了一张床，母亲及时入院治疗，确诊为溃疡性结肠炎，后经治疗并痊愈出院。

父亲感激地说:"吴阶平教授以学者的风范,精湛的医术,使我的前列腺癌得到及时治疗,并帮助你妈妈及时住院,转危为安。"之后吴阶平教授与父母一直保持着友好往来,他与父母结下的情缘至今记忆犹新。

任弼时夫人陈琮英就住在我家楼上,她常到我家做客,与父母回忆战争年代的往事,畅谈国家大事,父母与她结下深厚的情谊。

著名诗人臧克家,在楼下散步常与父亲相遇,并谈论个人的见解与看法。彼此之间留下了深刻的印象。2005年他的夫人郑曼送给父亲《他还活着》臧克家纪念文集一书,作为留念。

著名心血管专家陶寿琪,与父亲同住一个楼。他常给父母看病,在我的印象中,陶教授是一位非常敬业、和蔼可亲的教授。父亲对陶寿琪说:"陶教授医术高超,我有幸得到你的诊治,非常感谢。"陶教授说:"钟老,您为新中国的解放事业立下汗马功劳,我给您看病,是应该的。"父亲带着感激地说:"谢谢陶教授。"在那个年代父亲与陶教授建立了特殊的医患情缘。

父亲每天到楼下散步,外交部副部长浦寿昌似乎是和父亲约好的一般，在楼下的花园里等候父亲，老朋友一见面，有说不完的话题。浦寿昌所特有的外交家的风度，给我留下深刻的印象。

著名爱国民主人士、邵力子先生的夫人傅学文，住我家对门，我们两家关系很好。父亲说："邵力子先生为维护国家统一，坚持国共两党合作而努力，被誉为'和平老人'。"傅学文说："钟老，您是身经百战的开国将军，为中国革命作出了历史性的贡献。"1992年她送给父亲《邵力子传》一书以作纪念，父母的高尚品质，赢得了傅学文的敬佩。

1995年春节，父亲听说兴国县委书记要到家里慰问，中午午休都比平常起得早，招呼姐姐烧好水沏好茶，把花生瓜子和水果准备好。这时传来阵阵敲门声，姐姐把门打开带他们到了客厅，父亲走进客厅，县委书记激动地握着父亲的手说："钟将军，我代表兴国县委和兴国的父老乡亲们，向钟将军致以春节问候，祝您身体健康。欢迎钟将军在身体允许的情况下，回家乡看看。"父亲说："好，有机会一定回兴国，1981年，我的母亲去世，回到兴国县樟木乡，家里生活贫困连灯都没有，住着竹草屋，我把身上仅有的钱甚至路费都留给了当年负伤的老红军,我身上穿的军大衣也留给了他们,回京的火车票是中国科学院上海分院垫付的,回想起老区人民生活那样艰苦,我心里很不好受。我从报纸上看到,国家还是很重视和关心老区的经济建设,现在樟木乡的生活比以前好多了吧?一定要把老区建设好。"县委书记爽朗地说:"钟将军,樟木乡比当时您去的时候生活要好得多,但还属于贫困乡,兴国县是革命老区,也是你们老前辈生活战斗过的地方,我们一定继承和发扬红军精神,让老区人民都过上幸福生活。"父亲说:"希望家乡尽早过上好日子,县里要帮助他们走上富裕之路。你们今天来看我,我非常高兴,也很感谢你们。"父亲怀着对家乡的情,始终没有忘记家乡的人民。父亲应该感到欣慰,2019年底,兴国县全部脱贫走上富裕之路,父亲您对家乡的愿望终于实现了。

2001年春节,东华门街道办事处的领导慰问老红军,父亲非常高兴,热情接待他们,街道办事处领导希望父亲有时间讲一讲红军长征的故事,给年轻人进行革命传统教育。父亲站起身从书柜里拿出一本《中国工农红军第一方面军史》一书,说:"这本书写得很感人,我已经看了好几遍了，这本书写的是红一方面军的战斗历程。我17岁从江西于都出发，参加红一方面军，和我一起出来的老乡经过长征到达陕北时，没剩几个，大部分都在爬雪山过草地时牺牲了，我爬雪山时只穿了三件单衣，脚穿草鞋，是凭着坚强的意志和坚定不移的革命信念，克服难以想象的困难，跟着党勇往直前。现在祖国繁荣富强，生活一天比一天好，我们仍然不能忘记过去，不能忘记牺牲的英烈。"父亲的即兴讲演刚说完，街道办事处的领导说："太精彩了，钟老，我们一定记住您的嘱托，让子子孙孙都记住光辉的历史，沿着红军的路继续走下去，把红军精神代代传承下去。"临走时他们与父亲合影留念。

父亲生前一直关心公益事业，为了支援灾区，父亲每次都到单位捐款捐物，当得知居委会也组织捐款时，父亲拿上平时节省的生活费来到居委会，居委会主任说："钟老，在单位已捐款，在居委会就不用再捐了。"可父亲慷慨地说："支援灾区是我义不容辞的责任，我为灾区尽一点微薄之力。"父亲的言行感动了在场的所有人。父亲一生都是这样，无论是在部队，还是在地方工作，对待需要帮助的人，他都拿出自己节省下来的钱，甚至自己穿着几十年咔叽布的中山装，衣服破了缝缝补补又一年，也要把钱接济给他们，父亲常说的一句话："别人有困难，宁肯自己少吃一口，一定要帮助他们。"这句话我始终记在心里。

父母年事已高，身体虚弱，请了一位四川小朴阿姨，有一次小朴阿姨对父亲说："爷爷，爬雪山、过草地能活到今天的真是奇迹呀。"父亲说："我是凭着坚强的意志爬过五座雪山，走出草地。"小朴阿姨听后惊讶不已，他知道父母都是老革命，非常敬佩父母。有一年小朴阿姨家里急需用钱，父亲提前支付工资，又额外多给了小朴阿姨钱。小朴阿姨眼含热泪说不出话来，父亲关切地说："家里需要钱治病，别客气。"小朴阿姨说："爷爷、奶奶，你们对我这么好，我很感激爷爷和奶奶。"从那以后小朴阿姨一直在我家干了8年。父亲对待普普通通的阿姨都倾囊相助，父亲一辈子都是帮助别人胜过自己。

2011年春节，是不寻常的节日，这一年父亲能和我们欢聚一堂，在家共度新春佳节。我感到非常不易，有几个春节父亲都是在医院度过的。那天父亲叮嘱我们订菜谱，列好后上报父亲亲自过目。父亲戴上老花镜，仔细看着菜单，边看边说:"很好,基本符合要求,就是少了一道菜——红烧肉。"父亲说得那样恳切,我们满足了父亲的要求。

当晚的年夜饭非常丰盛,摆在桌子上的菜,父亲兴奋地一个一个地数着,我们炒好一个菜,端上一个菜,为的是能让父亲趁热吃,父亲坚决不同意。他说:"年三十吃的就是团圆饭,你们忙着烧菜,我怎么好意思动筷子自己吃,你们忙完了都坐下来,咱们一起吃团圆饭多好呀。"饭菜全部上齐后,我们各自坐好聆听父亲的开场白,父亲说:"今天是年三十,桌子上已摆好你妈妈的碗和筷子,你妈妈不在了,这些年麻烦野丽、钟娜、钟洋照顾我,我很感激你们三个人的关照。"父亲很激动,说的每一句话都带着厚重家乡口音,野丽姐说:"爸爸,我一辈子忘不了父母的养育之恩,爸爸您需要有人照顾。我和钟娜、钟洋不离不弃终生陪伴您,我们克服一切困难,尽最大努力让爸爸晚年幸福安康。"钟娜姐说:"爸爸,我们今晚能和您在一起过年,实属不易。亲情比什么都珍贵,我要把这幸福的时刻永远珍藏在心里。我始终如一在您身边守护,我们拿起杯子祝爸爸健康长寿。"父亲举起酒杯说:"好样的,你们说得我心里真高兴,我代表你妈妈非常感谢你们三个。今晚的团圆饭吃得很好，我很开心。"轮到我时我说："爸爸，在这个世界上我最爱的就是父母，这份情、这份爱，无论在什么时候，我都会像珍惜生命一样，爱护它，保护它，我会善始善终照顾您。"父亲说："你说得很好，你家庭负担很重，又要上班，又要照顾两个孩子上学，还要照顾我的身体，真不容易，我躺在床上想起你的困难，我心里很不好受，只要我活着，我会管你。"父亲的话感动着我的心，就像春天的桃花，含着沉香久久都散着花香。两个儿子抢着说："姥爷，我们俩都爱您，我们一定努力学习，不辜负您对我们俩的期望，考上大学。"父亲望着两个外孙，高兴得嘴都合不拢，竖起大拇指说："你们两个都是好孩子，要努力学习考上大学，要为人民服务，为社会服务，接好革命的班。"那年的春节是我记忆中最幸福的时刻。虽已褪尽色彩，但依旧斑斓。揪不住的时光，衔不住的岁月，父爱深深，我无法隔断对父亲永久的怀念。

## 二、谱写生命之歌

晚年,父亲两次成功抗击癌症,数次病危病重,都转危为安,用他的顽强意志谱写了生命奇迹。

1987年冬天,父亲连续好几天尿血,全家人都为父亲担忧。当时吴阶平教授就住在我们大院里,吴教授是医学界的泰斗,曾经担任周总理的保健医生,周总理的膀胱癌手术就是吴教授亲自主刀的。母亲和姐姐为父亲的病拜访吴教授,他一边招呼母亲到客厅坐,一边耐心地听着母亲的叙述,吴教授安慰母亲不要着急,要进一步到医院进行详细检查,并写给他的学生——北京医科大学第一附属医院泌尿外科张季伦主任一封信,让母亲去找他。吴教授嘱咐母亲抓紧时间让钟老去医院就诊。

第二天,父亲到北大医院泌尿外科就诊,张主任详细询问了病情,并对父亲说:"钟老,检查报告出来后再就诊,这段时间卧床休息。"可是父亲一天也没休息,根本没把自己当病人,仍然坚持工作。可母亲紧张的情绪仍然没有平息，她比家里任何人都清楚，病情难以预测。

一周后父亲再次去北大医院看病，张季伦主任对父亲说："钟老，各项检查未见异常，我请教过吴阶平教授，我们的方案是一致的，有两套手术方案：第一，按良性肿瘤切除；第二，如果病理切片中发现癌变，准备第二次手术。"父亲笑着说："我同意手术方案，配合医生治疗。"

手术的前一天，我已跟单位请好假全程陪护父亲，晚上我在医院陪护父亲，我给父亲洗脚，父亲说："钟洋，明天我做手术，你要好好工作，工作忙就别来看我。"晚上我躺在床上，翻来覆去睡不着，父亲从小对我的关爱，仍记忆犹新。我上小学二年级时，语文和数学考了双百，父亲拍着我的肩膀说："好孩子继续努力，你喜欢吃什么，爸爸给你买。"那时家里生活不算宽裕，父母平时生活俭朴，我不忍心向父亲提出任何要求。而父亲满足了我的愿望，给我买了根糖葫芦。我吃着糖葫芦甜在心里，父亲对我的爱始终没有淡化。我15岁应征入伍，在部队服役八年，没有在父母身边照顾他们，我看到父亲额头上的皱纹又多了许多，显得更苍老了，我内心深处很伤感。这时父亲已进入梦乡，父亲没把手术当成心理负担，父亲向来都是坚强的人。

手术那天母亲早早就来到病房，母亲沉稳地对父亲说："老钟，战争年代，我们冒着敌人的枪林弹雨，走过了艰难的历程，你一定能走出手术室。"父亲说："没什么了不起的，这一次就算是出征吧。"此时护士用推车把父亲推走了，推车的辘辘声带走了家人对父亲的牵挂与祝福。母亲和我们都等待父亲平安归来。这时王德顺局长安慰母亲说："张曼同志，不用担心，钟老闯过了多少次难关都有惊无险，这次肯定能挺住，我相信手术能成功。"王局长的话给予母亲慰藉。时间一小时、两小时……过去了，钟表嘀嗒嘀嗒地响着，紧张的心情随着钟表的跳跃无时无刻不在牵挂着父亲。过了许久，手术室的门终于打开了，几位护士推着父亲走出手术室，张季伦主任微笑着对母亲说："钟老手术很成功。"母亲说："谢谢张主任。"母亲的直觉告诉她，还不能解除警报。

病理结果出来后，张季伦主任请母亲到他办公室谈病情，张主任对母亲说："在钟老病理切片中发现癌细胞，诊断为前列腺癌，我已跟吴阶平教授商量过此事，钟老目

## 第四章　难忘的岁月

前身体虚弱，等恢复一段时间再做第二次手术。"

母亲回到病房没有跟父亲说此事。母亲难以接受这一事实，眼里一片哀伤，她怎么也想不到风雨同舟几十年的老伴得了癌症。当我知道真相后，沉重的打击刺痛了我的心，我仿佛觉得头脑一片空白，眼前一片黑暗。但我想父亲一定能挺住。为了父亲的病，母亲和钟娜姐、野丽姐再次拜访吴阶平教授，吴教授笑着对母亲说："张曼同志您是为钟老的病情来的吧？"母亲说："我是为老钟的病来请教吴教授。"吴教授说："我同意张季伦主任的治疗方案，他是一位临床经验非常丰富的医生，也是我的学生，张曼同志您就放心吧。"简短的交谈，温馨的气氛，给予母亲坚定的信心。

当父亲知道病理结果时，他淡定地说："没那么可怕，既来之，则安之，准备再挨一刀，只要能治好病就行，我会配合医生治疗。"父亲并没有因癌症而恐惧，而被击倒。而是以平和的心态，坦然面对一切。那几天我们到医院看望父亲，父亲见到我们语重心长地说："我得的是癌症，也许这次还能活着出来，也许就倒下了，我这辈子负过几次伤，最严重的一次昏迷了好几天，战友们都以为我牺牲了,可我醒过来又跟上了部队,活到今天。"他从容不迫对待癌症的态度,使我感动至深。

手术那天早上,王德顺局长来到父亲床前说:"钟老,我相信您一定能挺住,我在手术室门口接您。"父亲说:"谢谢,我能战胜。"王德顺局长笑着说:"钟老信心百倍,手术一定成功。"

父亲在推出手术室的那一刻,王德顺局长带着对父亲深厚的感情,亲自把父亲抬到病床上,为了抬父亲王局长的腰扭伤了。母亲关切地说:"王局长,赶紧到医院看看吧,别耽误。"王局长说:"没事,比起钟老顽强的毅力,这点伤算啥,只要钟老一切都好,我就放心了。"王局长的话感动了家里人和在场的医生和护士,几十年过去了,王局长感人的一幕仍历历在目,令人难忘。

父亲闯过了手术关,但术后麻药反应明显,张主任对母亲说:"术后每个人对麻药的个体差异不同,反应程度也不同,我们已采取措施。"麻药反应过去了,父亲又闯过了术后生死关。6个小时之后,父亲睁开眼睛用微弱的声音说的第一句话:"我睡了好长时间吧?"母亲和我们流下了激动的热泪,父亲再次战胜了死神,又一次拒绝了死神的邀请。我们拉着父亲的手说:"爸爸您不会倒下,您是坚强不屈的人,敌人见到您闻风丧胆,病魔见到您望而生畏。"

术后的陪护任务是很艰巨的,连续 24 小时用生理盐水冲洗伤口,也许是父爱的力量支撑着我,那一晚我一点睡意都没有,我一瓶接一瓶地换生理盐水,一夜之间纸箱里摆满了换下来的空瓶,我心中只有一个念头,希望父亲早一天摆脱病痛,早一天微笑着面对我们。这时,父亲的呻吟声打断了我的沉思,父亲额头上布满了汗珠,伤口疼痛难忍,但他硬是不让打止痛针,也不吃止痛药。他说:"伤口疼痛忍一忍就过去了,战场上流血负伤,哪有止痛针、止痛药,都是靠意志抗争,甚至连做手术都没有麻药。"父亲就是凭着坚强的毅力,在疼痛的时候,让我念《百战将星——钟炳昌》一书,当我念到父亲爬过五座雪山、走出草地时,父亲脸上露出了微笑,那是战胜病痛的微笑。

我们在医院日日夜夜陪护着父亲,虽然身心疲惫,但走进病房,父亲微笑地向我们打招呼,何止是辛劳,何止是酸甜苦辣,父亲和我们熬过了一个又一个难忘的时光。

经过半年的住院治疗,父亲在医生的精心治疗和家人悉心照料下，终于战胜病魔康复出院，张季伦主任送别父亲时说："钟老，您是我诊治的患者中，我最敬佩的，也是我记忆中最深的，祝钟老早日恢复身体，准备下一步的治疗。"父亲说："谢谢张主任，没有你们医生护士的保驾护航，我也出不了院。"父亲再次表示对医护人员的谢意。此事已过去几十年，吴阶平教授和张季伦主任制订的手术方案，挽救了父亲的生命，令我们感恩至今。

几个月后，父亲到解放军三〇一医院接受放疗治疗。父亲当年从年龄上、身体上都不适合进行放疗，医生对母亲说："钟老年事已高，手术后身体虚弱，放疗要做够疗程，才能达到治疗效果。"父亲知道此事后说："放疗是最后一关，只有放疗才能彻底治好我的病，再难受我也要坚持做完疗程。"

放疗造成父亲患上直肠炎，出现腹泻，大便次数增多，一天出现十多次，同时还便血。频繁上厕所，腰都直不起来，头晕目眩，两条腿发软，令父亲痛苦不堪。但父亲仍然坚持做放疗，从未间断。在化疗期间，我印象最深的是在医院值班时，目睹了父亲排不出尿的痛苦，那天父亲做完放疗后，出现尿痛、排尿不畅的症状，医生经B超

## 第四章 难忘的岁月

检查，膀胱里积蓄了余尿，父亲的腹部渐渐鼓起来，始终排不出尿，脸憋得通红，医生对父亲说："钟老，忍一会尿会排出的。"父亲说："我能坚持住。"医生用了排尿的药和导尿，才慢慢排出来。父亲两三天就出现这种症状，都是咬着牙忍过去。医生考虑父亲年逾古稀，心脏功能又不好，建议放疗的间隔时间拉长，征求父亲意见时，父亲说："照原计划的治疗方案，我一定能坚持住。"父亲坚定的态度，使医生惊叹不已。事后我对父亲说："爸爸，您真坚强。"父亲说："放疗出现的症状，是无法避免的，但精神力量是受人支配的，是能够战胜一切的。"此话过去了几十年，但父亲的这句话至今没有忘却，我在遇到困难的时候，都会想起父亲这句话。让信念坚持下去，就没有超越不了的艰难险阻。正像马克思所说："生活就像海洋，只有意志坚强的人，才能到达彼岸。"每个人的生命都宛如一部乐章，父亲谱写了坚强无比的乐章。

父亲被癌症折磨得一天天消瘦下去，母亲心急如焚，想方设法给父亲增加营养。一天，母亲特意到菜市场买了甲鱼，做好后给父亲送去，父亲为此事还埋怨母亲说："医院订饭了，就不要再给我送甲鱼，我也不需要。"母亲说："放疗期间要增加营养,才能坚持治疗。"父亲说："营养品是一方面,但不是决定因素,战胜癌症最主要的是平和的心态、坚强的意志,还有精神力量,这是我战胜癌症的三大法宝。"父亲是这样说的,也是这样做的。当时的父亲脸色蜡黄,消瘦的身体走起路来颤颤悠悠,就是这样还要我扶他在病房里走上几步,他老人家脸上露出坚强、自信的笑容屡屡浮现在我眼前,父亲完全是靠坚韧与癌症抗争,他的惊人毅力感动了医生和护士。

在放疗过程中,父亲按照医生制订的治疗方案,积极配合医生的治疗,做完全部放疗疗程康复出院了。出院的那天,院长来了,科主任来了,院长握着父亲的手说:"钟老,您是高龄老人中唯一一位坚持做完放疗的患者,也是一位最坚强的患者,您战胜了癌症,创造了生命的奇迹,我代表医生和护士向您致以崇高的敬意。"父亲激动地说:"谢谢院长,谢谢医护人员,在艰难困苦的岁月里磨炼了我的意志,对待癌症就像对待敌人一样,打不垮我。"院长及医生和护士无不为父亲战胜癌症的毅力而赞叹不已。

出院后父亲一直遵医服药,尤其是服中药一喝就是八年，他对待癌症从来都是乐观、积极的态度。父亲常说："癌症没有战胜我，充分说明了癌症已不是绝症，好的心态本身就是治疗。"父亲从患癌到康复，经历了各种病魔的折磨，但父亲仍然乐观向上、幸福健康地活着。

1994年9月的一天，父亲到北京医院查体，一路过关到了最后一个科室——外科，医生检查发现有一个结节，随即做了穿刺检查。医生再次嘱咐父亲尽快来医院复查，父亲把医生的建议告诉母亲，母亲是1938年参加革命的老同志，毕业于白求恩医科大学，长年从事医生工作。医生的直觉告诉她，父亲的癌症也许复发了。母亲不想告诉父亲，她知道在这个时候沉默是最好的慰藉。家里的气氛还和往日一样，父亲的日常起居，并没有因此事而打乱，而是每天按部就班地读书看报，下楼散步，晚上看着战争题材的电视剧，父亲依旧过着平平常常快乐的日子。

复查那天，母亲陪父亲一起去医院，主任向母亲详细介绍了父亲的病情，当主任把病理检查报告递到母亲手里，"淋巴癌"醒目的三个字呈现在她面前时，母亲难以想象父亲第一次患有前列腺癌，已经是沉重的打击，但这次比前列腺癌更凶险——淋巴癌。母亲毕竟是经历了烽火的战争年代,她没有被吓倒,更没有惊慌失措,坚强而镇静地对主任说:"我相信医院是有办法的,老钟是意志坚强的人,一定会配合医生积极治疗。"主任握着母亲的手说:"钟老的病情院领导非常重视,这次手术由吴蔚然院长亲自主刀,钟老是一位意志非常坚强的老革命,我们相信钟老这次也一定能闯过去。"母亲眼含热泪说:"谢谢主任。"

母亲回到家告诉了父亲真实病情——淋巴癌,父亲在得知自己的病情后,并没有悲观、绝望及精神崩溃。而是从容淡定,对待癌症父亲始终坚信——我定胜癌的信念,从始至终未动摇过这个信念。父亲乐观地对母亲说:"病理结果是癌,出乎我的预料,而且还是淋巴癌,我有思想准备,但我知道这种癌非常难治,治愈率几乎为零。人这一辈子不可能不得病,患上癌症,不要有思想包袱,首先要听医生的,其次不要'怕'字当头,人的心态是战胜癌症的重要因素。我闯过了前列腺癌,这一次的淋巴癌,我也不怕。战争年代敌人的子弹没打中我,偏偏癌症与我为友,我离不开它,它也离不开我。"父亲开怀大笑,根本不把癌症当回事。我想,只要尊重科学,相信医生,父亲活着每一天，就是幸福，就是希望，哪怕是绝症也能走出险境。就像父亲当年长征爬过五座雪山、走出草地一样，历经二万五千里长征，征服了全世界。同样在攻克淋巴癌的路上，没有父亲征服不了的，凡是父亲攻克的癌症就会创造生命奇迹。

母亲忐忑不安再次来到吴阶平教授家，吴教授热情接待了母亲，他笑着说："张曼同志，北京医院非常重视钟老的病情，钟老的手术由我的弟弟吴蔚然院长亲自主刀，这一点您应该放心，钟老已是80岁高龄老人，患过前列腺癌，依然活得健康长寿，真是生命奇迹呀。"母亲说："吴教授，老钟每次在病重期间，都能得到您的相助，我们全家人非常感谢您。"吴教授说："不用客气，医生的职责就是救死扶伤，看好每位病人，钟老是我的老邻居、老朋友，也是我的患者，这是我不可推卸的责任。"多么值得赞叹的吴教授，父亲在生命紧要关头，有这几位医术精湛的顶级教授相救，我相信父亲一定能冲破艰难险阻，到达生命的彼岸。

1994年9月20日父亲住院，一个星期后，主任查房时对父亲说："钟老，下周做手术，您是久经考验的老革命,也是一位坚持不懈与癌症抗争的患者,我相信您会再次创造生命奇迹。"父亲说:"就当是又一次战役开始吧。我服从命令听指挥。"父亲风趣的话语,赢得医生一片掌声,掌声的背后是成功的祝福。

手术那天,我们来到病房时感到跟往日一样的平静,父亲在散步,步伐坚定有力,他笑容满面地跟母亲打招呼:"你们来啦,我一切都好,准备马上手术。"母亲说:"老钟,手术会顺利的。"母亲的话无形中给予父亲一种力量。

手术很成功,术后父亲还没醒过来,我和野丽姐、钟娜姐一直在父亲的床旁,守护了一天一夜。第二天的早晨,当阳光洒满病房,这时父亲的眼睛慢慢睁开了,我们激动不已。术后伤口疼痛时,父亲让我们给他念报纸,甚至疼得满头大汗时,把从家里带来的歌曲《十送红军》放给他听,我看到父亲的双手握着床栏,忍着疼,不出一声,也许是红军的精神鼓舞着父亲,支撑着父亲。父亲术后甚至连一片止痛药都没吃,全靠自身恢复。两个月之后,父亲撑着虚弱的病体能走上几步,他的脸上露出灿烂的微笑。三个月之后,父亲能迈着稳稳的步伐在病房里散步。主任见到父亲感叹地说:"钟老,身体恢复很好,下一步还有艰巨的治疗。"父亲掷地有声地说:"好,我接受医生的治疗,不怕牺牲,排除万难。"在北京医院,从院领导到科室主任及医生和护士,他们无不敬佩父亲,无不为父亲顽强的毅力感到钦佩。

下一步的化疗治疗,既是最关键的,也是最难的一关。医生对母亲说:"钟老已80岁高龄,身体状况也不好,根据钟老目前的状况,做化疗很危险。"但父亲下定决心做化疗。有一天,我和母亲去看望父亲,这时父亲正在接受化疗治疗,躺在病床上的父亲脸色苍白,消瘦的面孔显得憔悴,头顶稀疏的头发已寥寥无几,枕巾上布满了细碎的头发茬,人也显得苍老。我真不敢相信,几天前的父亲说起话来声音洪亮,而眼前的父亲却判若两人,见到母亲来了,父亲用颤抖的手招呼我们坐下,看得出父亲这时很难受,但是父亲仍然笑着说:"张曼,你不用每天给我送饭,在医院订饭就行,我也吃不下。"母亲说:"化疗期间,做些可口的饭菜,多吃点才能保证营养。"父亲说:"我是吃一口,吐一口,甚至连胆汁都吐出来了,再难受我也要吃进去。"此时医生查房看到父亲身体极度虚弱,关切地对父亲说:"钟老,化疗期间消耗体力,家里送来的饭菜更可口,更利于补充营养。"父亲说:"医院的饭菜很好,就不用家里送饭了。人这一辈子要有一种精神,那就是坚持、坚持、再坚持,才能战胜病魔。"父亲从来不需要特殊照顾,这是父亲一生的秉性。

有一次父亲做完化疗,刚坐在床上就感觉头晕目眩又倒下了,我说:"爸爸,头晕就别起来,休息吧。"父亲倔强地说:"不怕,每次化疗后,都会有这种感觉,头晕恶心不舒服,没什么了不起的。"休息几分钟后,父亲招呼我扶他起来,父亲身体软绵绵的,没有力气支撑住自己,我扶着他坐在床边上,母亲打开饭桶,盛了半碗鸡汤,端到父亲面前,父亲说:"我一点胃口都没有,不想吃东西,我少喝一口吧。"父亲喝了一口汤,顿时就吐出来,吐了再喝,喝了再吐,父亲强忍着剧烈的呕吐,此时父亲大汗淋漓,上气不接下气,父亲坚强地说:"对付化疗,没有别的办法,就是硬拼,不想吃也得吃,即使是呕吐不止,也要想方设法吃进去,就像过去打仗一样,对待敌人不能畏惧,对待癌症不能让步,人就得有毅力。"父亲与癌症作坚决的斗争。

## 第四章　难忘的岁月

　　医生巡诊来到父亲床前,看到眼前一幕,关切地对父亲说:"钟老,难受的时候,千万别勉强,慢慢适应着好了。"父亲点头笑了,笑得那样释怀。这就是父亲对待疾病的态度,他坚定的信念从不动摇,从不放弃治疗。而是超越了心理、年龄、忍耐的极限。父亲的精神时常鼓舞着医生和护士,他们赞叹地说:"钟老不是一般的坚强,不是一般的有毅力,我们诊治了许多病人,像钟老心态平和,情绪乐观,积极配合医生治疗的病人屈指可数。"这是北京医院医生和护士对父亲的评价。

　　父亲坚持了一年多的化疗,在化疗治疗的过程中,我在医院陪护父亲,每次看到因化疗造成胃肠道的毒副反应给父亲带来无法想象的痛苦,吐得那样厉害,连腰都直不起来,但父亲硬是端起碗坚持吃进去。化疗反应接踵而来,化疗药物造成心脏功能损伤,时常伴有心律失常症状,使白细胞指数维持在2000左右,免疫力低下,使骨髓造血机制受到无法逆转的损害。这个时候父亲脚面肿得连鞋都穿不进去,像面包一样用手指轻轻一压一个坑,父亲让把鞋的两边缝上鞋带,走路的时候把鞋带系在脚面上,无论是我值班,还是姐姐值班,父亲一再叮嘱我们扶他下床锻炼，我很为难，也很担心，父亲这个决定，是冒着很大的危险的，他身体极度虚弱，站都站不稳，走路更难。我真不忍心这样做。父亲的脾气倔强，他老人家认准的事，不会改变。父亲着急地说："快扶我走，不要怕吐，不要怕脚肿，只要坚持住化疗各种副作用的反应，心理强大什么问题都不是问题。攻克癌症，就像战场上与敌人拼杀一样，是一场你死我活的斗争，我要与癌症斗争到底。"父亲每天在煎熬抗争中度过，忍受着无法想象的生命挑战，坚持每天走上几步，实在迈不开腿，也要在床边站上几分钟，站不住了也要在床边坐一会儿，父亲说："能走一步就是成功的开始，如果难受就不起来走，人的免疫系统越来越差，也许化疗就坚持不下来了。"父亲坚韧不拔的毅力，从红军二万五千里长征到"文化大革命"时期遭批斗、受迫害等，这一系列的事情，却从没有让父亲胆怯过，任何磨难都没有击垮父亲，而是在抗癌路上继续"长征"。

至今当时的情景难以忘怀，我印象最深的是父亲对母亲说："对待癌症，我信心百倍，就是治不好我也要拼。只要我还有一口气，就要生命不息，战斗不止。"我想父亲之所以能承受化疗的痛苦，最根本的原因就是毅力，也许不是所有人都能像父亲那样笑看人生，像父亲那样无比坚强地去抗争。当年父亲已是80岁的老人，从年龄上超越了极限，从心理上超越了自我，父亲每时每刻都在与癌症抗争。

曾在北京医院住院、患有淋巴癌的陶铸夫人曾志，她见到父亲总是打招呼，互相问候。同样的命运，同样的感受，不仅是病友，而且相互之间更有话题交流，两位老人互相鼓励坚持治疗。正好那天我和母亲来看望父亲，在病房里遇见了曾志阿姨，她非常热情地跟父母亲打招呼，并与父母亲合影留念，这张珍贵照片虽已过去几十年，但历史的瞬间记载了两位老人在抗癌的路上走过的闪光足迹。

父亲从化疗开始到化疗后期的治疗，严格遵守各科专家会诊制订的化疗治疗方案。并完成整个化疗疗程，这在当时也是医学奇迹，父亲征服了两次癌症。父亲经常对我说："两次癌症没有整垮我，人这辈子各种疾病都可能拜访你，尤其是癌症想不接待都不行，从诊断淋巴癌那天起，我就下定决心，一定要打败它。"父亲的神情是那样兴奋，好像又回到那硝烟弥漫的战场上，百战将星的父亲，一次又一次打了胜仗，一次又一次征服了癌症。父亲乐观豁达的心态，是战胜癌症的重要因素。父亲在面对癌症和病痛时始终乐观，始终配合医生，咬着牙一步步朝着生命的彼岸，抗争、抗争、再抗争，创造了一个又一个的医学奇迹。

经过一年多坚持不懈的努力，在父亲和医生的共同努力下，父亲康复出院了。临出院前科主任对父亲说："钟老，可以出院回家休养。您坚强无比的毅力，把癌症制伏了。您是患有同样淋巴癌治疗的病人里，包括国家元首侯赛因、西哈努克等，都没有像您这样幸运，您是淋巴癌治疗中最成功的一例，创造了医学界的奇迹。"父亲笑着说："对待癌症当你坚持下去就有生的希望。"父亲的话令主任赞叹不已。父亲对生命的感悟，一直伴随着他抗击癌症，走到生命奇迹的那一天。

淋巴癌，在全世界都属于难攻克的癌症。而父亲从年龄上已是耄耋之年，已超过年龄的极限，从身体各方面已不适合进行化疗。但父亲硬是凭着"坚毅、信念、豁达、乐观"这八个字，一次战胜了前列腺癌，一次战胜了淋巴癌，创造了生命的奇迹，谱写了生命之歌。

## 三、A511病房的灯光永远亮着

父亲在北京医院北楼A511病房住了5年，这5年是不寻常的5年，记载了父亲以顽强的意志，闯过了一次又一次病重、病危的奇迹。

2005年的一天，我陪父亲到北京医院查体，做完各项检查已中午11时30分，此时父亲汗流浃背，呼吸急促。经医生确诊：低血糖突发心衰，医院已报病重，抗心衰的药用到最大剂量。在病重期间，父亲仍不忘坚持学习，关心国家大事。他腿肿，心率快，无法坐在桌子上学习，就坐在病床上看央视《新闻联播》，或者躺在病床上让姐姐念报纸，父亲从不把自己当成危重病人，不顾两条腿肿得厉害，浑身乏力、心慌等症状，仍让我搀扶他走路，每走一步都呼吸困难，每走一步都上气不接下气，但父亲说："不要怕，对待疾病要有拼的精神，不能当逃兵，要有信心战胜它。"父亲以坚韧不拔的意志，配合医生的治疗，使父亲度过了危险期，康复出院了。

2008年一天夜里,父亲不幸摔倒在地上,我和钟娜姐立即送父亲到北京医院急诊室就诊,经X光片检查:左腿股骨头骨折,住进病房已是凌晨2点,这时我看到父亲内衣已经湿透,护士关切地问:"钟老,您现在就吃上止痛片,能缓解几个小时。"父亲向护士摆摆手说:"我不吃止痛药,我能挺住。"那一夜,父亲忍到天亮。我们为父亲换了四件病衣,用温水擦了前胸、胳膊、腿部,让父亲减轻痛苦。

第二天专家会诊,因父亲心功能差,而且已94岁高龄,全身骨质疏松,不建议手术治疗。主任跟姐姐说:"钟老目前的状况不适合做手术,要靠自己身体恢复,病程要比手术治疗长,像钟老这样高龄骨折的病人,可能就会长期卧床了,再也站不起来了,你们要做好思想准备。"主任的话听起来很残酷,我和姐姐都不愿往下想。父亲知道此事后坚强地说:"做不了手术,靠自己身体恢复,我相信能站起来走路,出院回家。"父亲当时说的话至今难忘,正因为父亲这句话,我们看到了希望,也感到很欣慰。父亲靠自己身体恢复,每天翻身忍着剧烈的疼痛,接受医生和护士的治疗,医生开了止痛药,父亲却坚决不吃。尤其是护士给父亲换药,我们都为父亲捏着一把汗,

## 第四章 难忘的岁月

纱布与伤口黏在一起,当揭开纱布时,父亲额头豆大的汗珠往下淌,每次换完药,父亲全身就像雨淋过一样,衣服全都湿透了,甚至连被单、床单也是潮的,即使这样父亲仍不打止痛针。本想劝病重的父亲,可父亲对我说:"止痛针解决不了根本问题,还会疼的。"他始终没有打过止痛针,吃过止疼药,全凭自己身体恢复。医生给父亲做检查,父亲两手紧紧握着床栏,牙齿咬得紧紧的,再一摸父亲胳膊上的病号衣已经湿透,可是父亲一声都没吭。感动得医生一边检查,一边对父亲说:"钟老,您疼得厉害就说出来,我动作轻一点,慢一点。"父亲说:"没关系,你检查多长时间,我都能坚持住。"医生用惊奇的目光对父亲说:"钟老,经我诊治的病人,您是我印象里最深的病人。"回想起父亲说过的话:"人这一辈子,无论遇到任何事情,都要坚强。"他一辈子都是这样做的。我目睹了父亲的坚强,从父亲那里懂得坚强这两个字的含义。红军之所以能爬过雪山,走出草地,凭的是大无畏的革命精神,凭的是坚强的革命意志。父亲抗拒病痛的精神就是红军精神的再现,这就是父亲不吃止疼药、不打止痛针的缘由。

这时,主任查房来到父亲床前。主任说:"钟老,目前要控制感染，要靠自己长好、愈合。这段时间对您来说，腿部会很疼，很难受。您是我们最熟悉的病人，您患过两次癌症，都以坚强的毅力创造了生命的奇迹，这一次也一定能创造奇迹。"父亲躺在病床上说："我负伤了好几次，从来也没吃过止疼药，忍一忍就挺过来了。"父亲的话得到在场医生的赞叹。主任握着父亲的手说："钟老，作为医生，您的精神使我感动，祝您早日康复。"

父亲在病床上忍着剧疼躺了几个月，父亲的衣服数次湿透，一天记不清换了多少次衣服。白天痛的时候，父亲让我们捏胳膊，缓解疼痛。夜里疼得睡不着觉，父亲坚决不吃止痛药，父亲对我们说："我不吃止痛药也能扛过去。"他在与疼痛抗争。

一个月后，父亲自己在床上活动胳膊和右腿，一练就是 10 分钟、20 分钟……练到浑身冒汗，喘息不止，才肯休息。两个月后，父亲硬是让野丽姐、钟娜姐和我扶他起床，我们费了九牛二虎之力，才把父亲抱到床边，父亲像孩子一样笑得那么可爱，那么灿烂，我们这么多天的辛劳，都是值得的。第一次搀扶父亲下床，脚尖着不了地，脸上的汗珠顺着脖颈流到衣服上，父亲卧床几个月，腿部

## 第四章 难忘的岁月

肌肉萎缩,两条腿松软无力,腿不听父亲指挥,他的腿和脚在发抖,即便这样脚尖立着也要走,气喘吁吁的父亲仍斗志昂扬,直到他迈不开步的时候,心功能承受不了的时候,父亲才肯收兵。

为了坚持练下去,父亲腰上系一根皮带,一人拉着皮带,两人扶着父亲一步一步挪着走,父亲边走边喊着:"一二一……"的口号,每天听着父亲踢踏踢踏参差不齐的脚步声,迈着曾经走过二万五千里的步伐,又开始走在"长征"路上。医生查房看到父亲锲而不舍的精神,无不赞叹和敬佩。并对父亲说:"钟老,每次来到病房,都能听到您铿锵有力的脚步声。"父亲说:"我的左腿可能恢复不到病之前的状况,但我要练到我自己能走,能出院回家。"父亲斩钉截铁地回答,感动了医生。父亲每天坚持练到他心中的目标,步步走出坚强,步步走出毅力。望着汗流浃背的父亲,望着94岁胸有成竹的父亲,我们坚信不管前面的道路多么艰难、多么曲折,父亲坚强的毅力定会走向成功。

三个月后,父亲双手握着沉重的助步器,步履蹒跚独自行走,每天助步器咣当咣当的响声,伴随着父亲从不屈服的那种毅力。父亲就是这样一个人——对待疾病一笑置之，对待疾病超然待之。

四个月后，父亲抛开助步器，自己拄着拐杖从走一圈、两圈开始，慢慢一次能走到10圈。父亲高兴地对我们说："人这一辈子，就在拼搏，不管做什么事情，都在奋斗，我现在练走路，也是我的奋斗目标。"父亲一生都在奋斗，都在追求。尽管父亲一只腿长一只腿短，经过坚持不懈的锻炼，父亲走起路来腰杆挺直，步伐矫健。在不知情人的眼里，很难看出他腿上的毛病。

当父亲拄着拐杖，自己走到医生面前时，脸上露出胜利的微笑，父亲的笑容告诉医生："我可以出院回家了"。如果不是父亲亲自走到医生面前，医生也不会相信94岁的老人，凭着自己的毅力恢复得这么快。医生在惊讶之余，也不禁赞叹不已。医生说："钟老，在北京医院像您这样高龄，恢复又快，又坚强的病人，真是屈指可数，您创造了医学奇迹。"当时在场的医生都为父亲的精神所震撼。

野丽姐回忆当年的情景感慨万分，医生对野丽姐说："从医学角度来讲，年轻人也要半年恢复，像你父亲这样高龄骨折的老人，可能就躺在床上了，站起来的概率很渺茫，家里人要有思想准备。"可医生没有想到四个月后，父亲就能独自行走，父亲又一次刷新了医学纪录。

2009年父亲患了带状疱疹。在治疗期间抗生素过敏，有一天父亲突然昏迷不醒，医院报病重。抢救仪器布满了父亲的床头，身上插满了管子。野丽姐、钟娜姐和我一直守护在父亲床旁，一天天过去了，焦急的心情如同万箭穿心一样难受。我和姐姐在等待着、在期盼着父亲醒来。病房里的空气压抑得让人喘不过气来，只有监护仪定时监测的声音，还有护士来来去去在给父亲输液。我们相信父亲的生命不会停留在这里，因为父亲走过二万五千里长征，浴血奋战上百次战役，都有苍天的眷顾，父亲您一定能迈过这个坎。坚持住，父亲您会像前几次那样，定会创造生命的奇迹。第四天是我和野丽姐值班，父亲跟以前一样，还是昏迷不醒。令人寝食难安，我和野丽姐一遍一遍地呼唤着父亲，父亲的眼睛没有丝毫的反应，睡得那样安详。医生查房走到父亲床前，检查完后对我们说："钟老目前的状况很难预测，院长很重视此事，经过各科会诊我们重新调整方案，尽一切努力抢救钟老。"我和姐姐心里都明白，父亲睡得时间越长，就离我们越遥远，远得越迷茫，远得再也看不见父亲。

　　第五天早晨，天气格外晴朗，微风阵阵吹打着窗帘，我和野丽姐依旧用毛巾给父亲擦脸，当擦到眼角时，父亲的睫毛微微颤动，我激动不已，对父亲说："爸爸，您醒了。"这时只听见父亲发出"嗯……嗯……"的声音。我们一起喊着："爸爸，野丽、钟娜、钟洋想念您。"野丽姐握着父亲的右手，我握着父亲的左手，我觉得父亲的左手不像前几天那样，一点反应都没有，手指能轻微握着我的手，直觉告诉我父亲又闯过来了，等了整整五天，这五天是生命超越的五天，这五天是父亲不忍离开心爱女儿的五天，父亲终于睁开眼，他环顾四周，把目光停留在我们三个人的身上。我们哭着说："爸爸，您终于醒过来啦。"这时医生来到父亲床前对父亲说："钟老您昏迷了五天，醒过来就是生命奇迹。"医生由衷赞叹父亲又挺过来了。

　　正当我们为父亲度过危险期而兴奋的时候，父亲开始尿血了，为了防止尿道感染，每天要用生理盐水冲尿道，父亲床边摆满了生理盐水，从导尿管流出的鲜血，接满半痰盂，我和姐姐很担心，可是父亲没有畏惧，他对我们说："不要怕，配合医生治疗。"医生用各种止血药也没有

## 第四章 难忘的岁月

缓解，父亲血色素突降到6克，甚至还在往下降，父亲多次输血，脸色苍白，我和姐姐焦急万分，医生想尽各种办法都没有止住出血。在这种情况下，父亲避开医生和护士的监督，稍有一点精神咬着牙下床，腰上挎着血尿袋每走一步都要铤而走险，如果不是亲眼所见，很难想象一个94岁的老人，尿血不止，随时都会出现生命危险，还下床走路。父亲拖着颤抖的双腿，迈着沉重的脚步，艰难地走了一圈又一圈。我和钟娜姐都不忍心再让父亲走下去，可父亲对我们说："不要紧，人这辈子干什么事情都不要怕死，怕死就干不了革命，对于疾病也一样，你首先就不能怕字当头，你进一步，它就退一步。"父亲当时说的话至今记忆犹新，他对疾病的态度从来都是淡然处之，从来都是毫不畏惧战胜他。父亲持续出血一个多月，对于一个常人来说，也许精神上就崩溃了，也许就倒下了，对于一个94岁高龄的父亲来说，更是危在旦夕。父亲在向生命冲刺的时候，内科主任找到了原因，果断拔掉导尿管，血止住了，父亲闯过了生死关，这就是父亲能够战胜无数次病危病重，超出常人坚强的缘由。

2012年4月一天下午，父亲高烧39.6℃，吃了退烧药体温还是持续上升，我和野丽姐、钟娜姐立即送父亲到北京医院急诊部就诊，医生仔细检查后，确诊为肺炎，住院治疗。父亲床头输液架上挂满了液体，护士第一次输液没扎进血管里，又从父亲左右手和两只胳膊扎第二次、第三次……仍然没扎进去，父亲的左右手和胳膊已红肿发紫，此时的父亲高烧不退，他超出了常人的忍耐力，咬着牙忍着扎针和渗液造成的疼痛，鼓励护士说："不要紧，接着扎。"护士为之感动，经过20分钟液体输上了。父亲用微弱的声音说："谢谢。"护士激动地说："钟老，这是我们应该做的。"在医生和护士眼里，父亲是一位可亲可敬坚强的老首长。

那一晚上，我和姐姐没有丝毫的疲乏困倦，心情沉重地守护在父亲床前，我和姐姐把护士给的冰袋，反反复复敷在父亲的腋下。凌晨3点，护士来来去去试过几次体温表，都没有退热的迹象，父亲持续高烧，干裂的嘴唇上，长满了血泡疼痛难忍。父亲的呻吟声久久地揪着我的心。我和野丽姐、钟娜姐守护父亲一夜，早上主任查房走到父亲床前，用听诊器仔细检查并说："钟老，两肺都有啰音，这次肺炎比较严重，您现在要卧床休息。"抗生素一天输

## 第四章 难忘的岁月

两次,医生又加了一种抗生素联合用药。看着躺在病床上的父亲,我和姐姐心里久久不能平静,我们多么希望父亲又像以前那样好起来,和父亲聊国家大事,聊家常……

一周过去了,父亲的病情一点都没有好转的迹象。反而越来越凶险,抗生素没有控制住炎症,咳喘一天比一天厉害,心脏功能严重受损,父亲无法平躺,半坐在床上咳喘不止。父亲的病房里安上监护仪和无创呼吸机,身上插满了管子。院长和科主任都已跟野丽姐、钟娜姐和我交代了病情,并下了病危通知书。这是父亲有生一来最重的一次肺炎。父亲已进入昏迷状态,我和姐姐的心情是可想而知的,我和姐姐每天期盼父亲醒过来,这期间又节外生枝,父亲痔疮出血,血色素降到 5 克。因为父亲当时病很重,医生对我们说:"钟老心肺功能都不好,输血对钟老来说,也是一次考验。"我和野丽姐、钟娜姐,用计数器记载输血的滴数,整整三个半小时输完了 200 毫升的血。这时,父亲已睁开眼睛,我望着父亲苍白发黄的面孔,父亲终于转危为安。他对我们说的第一句话:"我看见你们真高兴。"父亲慈爱的笑容,脸上道道皱纹像花瓣一样绽放,是那样好看,我们紧紧拉着父亲的手潸然泪下。主管医生林大夫惊讶地对父亲说："钟老，炎症已经控制住了，真棒，又闯过了一关，目前还要度过恢复阶段，钟老继续努力，加油。"父亲感激地说："谢谢你们医生的精心治疗。"林大夫抚摸着父亲的手说："您战胜疾病的精神，是对我们工作的最好支持。"父亲挥手向林大夫表示谢意。林大夫对我们说："钟老这次是重度肺炎，心衰也非常严重。对于一个97岁老人来说，能挺过来，也是奇迹呀。作为医生我非常敬佩钟老，钟老也很幸运，有你们三个孝顺女儿的精心护理。这也是钟老能挺过来的原因之一吧，在北楼5层病房里，唯一由家里人陪护的，那就是你们家。你们对老人的关爱，作为医生我非常感动，你们长期陪护钟老，在北京医院提起钟老，大家都知道他有三个孝顺女儿。"林大夫走后，她的话始终在震撼着我。父亲把毕生精力都献给了党，晚年积劳成疾忍受着病痛的折磨，我们应该尽孝尽责、无怨无悔地照顾他老人家。我们所做的一切也成为北京医院北楼病房一道亮丽的风景线。

在住院期间，病情稍好一点，父亲每天坚持学习，他把饭桌当成书桌，坐在凳子上，戴上70年代褪色的老花镜，读书看报如饥似渴地学习，有一天，主任查房走到父亲身旁，静静站了两分钟，看到父亲正在聚精会神地看书，并用红铅笔在书上画重点，主任惊讶地说："钟老，您今年已97岁高龄，您活到老，学到老，今天亲眼所见，钟老是一位思维敏捷、善于学习的老人。"父亲笑着说："主任，在身体许可的情况下，要尽量抓紧时间学习。"主任说："钟老，我要向您学习，钟老读书看报，时间不能太长，因您的身体虚弱，要多注意休息为好。"父亲说："谢谢主任。"他们用敬佩的目光为父亲点赞。

2016年春节前夕，父亲突发肺炎病情危重。医生报病危，我和野丽姐、钟娜姐坚持在医院陪护父亲，直到父亲脱离危险，病情一天天好起来，父亲再次挑战了生命的极限。

父亲从2012年开始住院，并一直住在北京医院北楼5层A511病房，直到去世。这5年父亲每一天都在与疾病顽强地抗争。患过四次肺炎，数次报病重病危，数次与死神擦肩而过，而父亲一次又一次挺过来。面对疾病正像父亲生前所说："戎马生涯四十多年，许多战友都牺牲了，我是幸存者，我珍惜生命。"父亲在生命的大浪淘沙中，冲破惊涛骇浪，勇往直前。父亲就是凭着这种毅力，平和淡定看待生命的来来去去。爱自己，更爱生命，快乐度过每一天。

在北京医院北楼，从院长到经治医生和护士，只要提起父亲的名字，他们都为父亲战胜疾病的坚强意志而赞叹不已。时光匆匆，岁月悠悠，转眼间父亲已经离开我们三年多了。父亲那种坚韧不拔的精神，父亲的身影和音容，始终在我心里归不了零。北京医院 A511 病房的灯光永远亮着。

## 四、最后的时刻

2017 年 7 月，父亲的病情开始恶化，并进入昏迷状态。医院报病危。医生跟野丽姐、钟娜姐交代了病情。两位姐姐回到病房心情沉重地对我说："爸爸这次病很重，咱们要做好思想准备。"姐姐泪流满面，我也潸然泪下。我感到父亲的病到了不可逆转的状况，我怎么都接受不了这个事实。回想起父亲对我的恩泽，对我的爱，说什么我都不相信姐姐说的是真的。我贴近父亲的耳边，轻轻呼唤

## 第四章 难忘的岁月

着父亲，您一定能听到女儿的声音，我们有许多话向您倾诉。父亲您一定要挺住，挺住每一分钟、每一秒钟在一起的时光。野丽姐、钟娜姐和我日日夜夜守护在您身旁，多少次泪水流淌在父亲床前，多少次心酸涌上心头。我握着父亲的手，抚摸着父亲的胳膊，感觉一股暖流温暖着我。亲爱的父亲，希望您睁开眼睛看看野丽姐、钟娜姐和我，希望父亲能像前几次那样，95岁之后，大病几场，数度病危病重，但父亲硬是凭着顽强的毅力，战胜一次又一次的病危病重，健康幸福地活着。

2017年9月后，父亲病情再度恶化，生命垂危。从9月5日开始尿血，我每次看着血尿，心里总不是滋味，痛苦在折磨父亲，为了尽快查出尿血的原因，减轻父亲的痛苦，医生在想办法，时间一天天过去了，可父亲的病一天比一天严重，迫不得已我和野丽姐还有钟娜姐分别去了西苑医院，找到治疗尿血的专家，探讨治疗方案。专家也提出了一些治疗办法，但已不适合父亲目前的状况。父亲病情连日来很不稳定，医生多次给我们敲响警钟，让通知家里人来医院看望父亲，并下了危重通知告诉了父亲的单位。

9月15日中午，父亲情况危急，血压开始逐渐往下走，监护仪和无创呼吸机同时在报警。我和姐姐的心情异常紧张，主治医师把血压泵又调高了一个挡次，呼吸机开到最大，监护仪氧饱和指数由65升至95。主治医师对姐姐说："继续观察，钟老随时都有危险。"此时此刻我想了许许多多，我最亲爱的父亲，在您病重的日日夜夜里，我曾无数次向苍天祈祷，父亲您一定要挺住，一定要醒过来，父亲您跟我们说好的："出院回家。"父亲您一定能出院回家……

9月15日下午，中国科学院院长白春礼亲自到医院看望父亲，白院长走到父亲床前，并向姐姐询问父亲的病情，提出在病重期间一定要照顾好父亲。随后白院长又来到医生会议室，听取科主任对父亲病情的汇报，在听完科主任的发言后，白院长再次强调钟老为新中国解放事业和祖国建设事业作出了重大贡献，医院一定要想方设法尽全力积极治疗，并制订抢救方案。临走前白院长再次跟野丽姐、钟娜姐和我交代，白院长说："钟老病很重，你们做子女的辛苦些，一定精心照顾好他老人家。"白院长再三叮嘱我们三人，我们握着白院长的手，感激之情油然而生。我们坚信有院领导的关怀，有医生的保驾护航，有我们姐妹三人的共同努力，父亲这次还会转危为安。在面对生死边缘的两次癌症，在面对生死攸关的疾病和死亡，102岁的父亲仍然在战胜疾病的路上，极其顽强坚韧地战斗不止，生命不止。

9月16日上午，我们像往常一样，我和野丽姐、钟娜姐坚守在医院值班，我和姐姐围坐在父亲床前，珍惜跟父亲在一起的时间，仔细端详父亲的面容，疾病的折磨，使消瘦的脸庞显得更加苍白，姐姐拉着父亲的手，呼唤着父亲，您终于听到了女儿的声音，父亲睁开双眼，当您看到野丽姐、钟娜姐和我时，说不出话来，眼睛里流出了热泪，我们激动地说："爸爸，我们想您，我们爱您。"泪水伴随着呼唤。我握着父亲的手，我激动地抱住父亲的肩膀说出我的心里话："爸爸，您终于醒了，我知道您放心不下我们。"我亲吻了父亲的额头，父亲的脸上浮起了微笑，这时父亲的嘴边微微颤抖，好像有许多话要对我们说，我贴到父亲的耳边，听到父亲微弱的声音："你们好好生活下去，别惦记着我。"这是父亲留给野丽姐、钟娜姐和我最后的话。我悲痛的心情无法用语言来表达。回想起父亲生前说过的话："你妈妈先走了，麻烦你们三个照顾我，我非常感谢你们对我无微不至的照料。"当时父亲情绪很激动，我们不约而同地说："爸爸，您对儿女情深意重，我们今生都无法报答您对儿女的恩泽，您留给儿女是永不褪色的精神财富。"父亲您放心，我们牢记您的嘱托，一如既往照您说的去做："好好生活下去，传承红色基因，让子孙后代不忘初心。"

9月16日晚上，父亲病情进一步恶化，血压、心率极不稳定，监护仪显示氧饱和度只有74，监护仪、呼吸机同时报警。这天晚上是我和钟娜姐值夜班，我和姐姐心急如焚，床头呼吸机不断闪烁，护士把急救设备推进了父亲病房，穿梭在父亲床前，值班医生把呼吸机计数放到急救挡，又把升压药的泵调到最大挡。这一晚上，我和姐姐紧张的心情从未平静过，越来越感到父亲已进入弥留，我们与父亲在一起的时间越来越少，父亲离我们越来越遥远。在我的人生旅途中，有两次精神上的创伤，也是致命的打击。2008年我最亲爱的母亲走了，带着对儿女的挚爱走了，带着对父亲的依依不舍走了，母亲去世后，我把悲痛埋在心里。把对母亲的那份爱、那份情永远珍藏在我生活

## 第四章　难忘的岁月

的每一瞬间，无论到何处，母亲慈祥的面孔沉淀在记忆里，牢记母亲的嘱托，把全部的爱奉献给亲爱的父亲。

回想起与父亲在一起的日子里，父亲长期住院，晚上繁星当空，我匆匆忙忙赶到医院值夜班，一走进病房看到父亲慈祥的笑容，再苦再累都抛到九霄云外。他握着我的手问我："钟洋，你来了，吃饭了吗？两个孩子还好吧？"此时我再也听不到父亲洪亮的家乡话，看不到父亲的音容，我悲痛万分，这一切都将锁在记忆中，我真不敢相信，我的父亲即将离我们而去。这一晚姐姐和我守在父亲床前，我们期盼父亲能平稳度过这一晚。

9月17日上午9点30分，父亲心跳再次接近零，医生进行插管抢救，正在开会的院长赶到病房，亲自指挥抢救，此时我们最怕面临却又最终不得不面临的时刻到了，接下来是令人揪心的等待。父亲今年数次报病危又数次闯过鬼门关，尤其是今年4月份，那天晚上父亲突然脸通红，嘴唇憋得发紫，呼吸机和监护仪不停地报警。野丽姐及时告诉护士，值班医生和二线医生迅速赶到病房，在他们精心救治下，父亲以坚强的意志与病魔搏斗，又奇迹般地坚持了6个月。

9月17日上午10点30分,院长走出病房,他告诉我们父亲已抢救过来,顿时大家松了一口气,我们用感激的话语送别院长。父亲顽强的意志,也许这次又能创造生命奇迹,我心中暗暗祈祷:"父亲,苍天保佑您,您一定要坚持住啊。"

但是,奇迹没有发生,下午2点钟,父亲再次心跳停止,医生又一次通知我们,正在实施抢救。尽管他们尽了最大的努力,但仍是回天乏术,父亲还是在下午15时永远离开了我们,父亲那颗生命不息、战斗不止的心脏永远锁定在那一时刻,父亲走完了人生的终点,102岁。

父亲走时神态十分安详,就像刚刚睡去一样。父亲在同病魔顽强抗争,在最后三年多的斗争中,父亲太累了,带着对亲人的眷恋,带着对人世间美好的憧憬睡去了。我最慈爱的父亲走了,他让我有生以来第一次感受到,什么是这57载生命中最大的悲痛,如今父亲走了三年多了,我依然觉得他从没离开过我,我时常还惦念着他老人家。我依旧不敢回忆父亲临终前那段日子中的许多事和他在病危中的面容。因为那撕肝裂肺钻心般的痛,让我至今都不能自控。父爱,将永远驻足在我的心中。父亲在人生道路上艰难跋涉了一个多世纪,他把毕生的精力都献给了党和人民,祖国和人民永远怀念开国将军——我的父亲钟炳昌。共和国的颜色永远是红色的。正像习主席所说:"共和国是红色的,不能淡化这个颜色。"

## 五、永远的怀念

9月17日,从医院回到家,我感到人生中最大的痛苦是失去了母亲,如今又失去了父亲。那一夜,我彻夜未眠,我的心在流泪,我从来没感到像今夜这样痛心,我最慈爱的父亲走了,我再也无法陪伴父亲,父亲留给我的是永远的怀念。

当夜幕降临之时,我和钟娜姐、野丽姐要做的第一件事——布置灵堂,以寄托我们的哀思。第二天上午,家里设的灵堂庄严肃穆。客厅正中间悬挂着父亲的照片,身穿将军服的父亲光彩照人,那是1955年在南京授衔时的照片。荣耀与花环是父亲一生的真实写照,鲜花环绕在父亲的遗像前。我们满怀悲痛之情久久注视着父亲的遗像,追思父亲的音容，追思父亲的教诲，父亲您在我心中永远是慈父——我爱父亲，父亲也爱我。

这时人们从四面八方赶来，他们手捧一束束鲜花，一篮篮花束，敬献在父亲灵堂前，客厅里摆满花圈。老邻居原外交部副部长、原周总理的秘书浦寿昌，特地让女儿到家中慰问，并转达浦老的话："钟老为了中国革命事业鞠躬尽瘁，我很痛心失去一位老朋友。"还有院子里的邻居也纷纷到家里慰问，父亲在这个大院里居住了52年，他平易近人从不摆架子，大院里的人们都很怀念他。电话铃声此起彼伏，有从祖国各地打来的电话。父亲的警卫员常文才，已是80多岁的老人，他从四川打来长途电话，他说很想来北京看望老首长，但因身体的原因，迟迟未来。电话里哽咽着对父亲的留恋与爱戴。常文才是抗美援朝时跟随父亲的警卫员，他曾经到医院和家里看望过父亲。

2017年10月20日，这一天是父亲的生日。父亲已经离开我们一个多月了，但是父亲无时无刻不在我的身边，无时无刻不在我的心中。我每次走到客厅，站在父亲的遗像前默默地说着心里话："爸爸，您在那边过得好吗？我非常想念您，自从母亲走后，我一度悲痛万分不能自持，是您用爱的温暖使我重新振作起来。虽然我失去了慈母，但我还有您的爱，我并没有觉得孤单，因为有您的关照。"夜晚在梦中您还嘱咐我："好好生活，照顾好两个孩子的生活和学习，让他俩考上大学。"如梦方醒，我的泪水已打湿了枕头，虽然我知道是梦中的追思，但我仍依依不舍地记住父亲对我说的话，追记爱的痕迹。

2017年9月25日，是我永生难忘的一天。秋阳笼罩的八宝山革命公墓，青松挺立，花圈如云。东大厅庄严肃穆，门前"沉痛悼念钟炳昌同志"的横幅格外醒目。东大厅正中央，父亲的将军遗像记载了父亲一生不平凡的经历。鲜红的党旗覆盖着一个身经百战开国将军的身躯。父亲历经一个多世纪的风霜雪雨后，安卧在鲜花翠柏丛中，一派宁静、安详。八个子女敬献的花圈，白色绸缎上写着："爸爸，我们永远爱您想念您。"

上午10时，八宝山东大厅，没有低旋的哀乐，激昂的《十送红军》《在太行山上》的歌曲，在东大厅里久久回荡，让人们不禁回想起父亲为之奋斗的峥嵘岁月，仿佛就在眼前，催人泪下。父亲，您的一生是光辉的一生，战斗的一生，您一生的誓言："永远跟着党走，将革命进行到底"伴随着您奋斗终生,您的革命信念、高尚品德永远值得我们学习,我们永远铭记您的嘱托,秉承父亲的遗志,不忘初心。

父亲您永远活在我们心中!

中央军委主席习近平打来电话慰问,并问家里还有什么困难,我们激动地说:"习主席,我们一定化悲痛为力量,继承父亲的遗志,一定牢记父亲的嘱托:永远跟着党走,不忘初心。让红军精神代代传承下去,紧紧团结在以习主席为首的党中央周围。"还有党和国家领导人刘云山等也致电慰问家里。我们全家表示衷心的感谢。

党和国家领导人习近平、刘云山、赵乐际、周光召、路甬祥等送来花圈,中央军委领导人苗华等送来花圈。

中共中央组织部、中共中央纪委组织部、中国科学院党组、中国科学院、国家新闻出版广电总局、中央纪委驻中国科学院纪检组、中国科学院办公厅、中国科学院直属机关党委、中共江西省委、江西省人大常委会、江西省人民政府、江西省政协、江西省军区、中共江西省老干部局、中共赣州市委、赣州市人大常委会、赣州市人民政府、赣州市政协、赣州军分区、中共兴国县委员会、江西

## 第四章 难忘的岁月

省兴国县人大常委会、江西省兴国县人民政府、江西省兴国县政协、中共四川省委、四川省委办公厅等送来花圈。

中科院领导白春礼、刘伟平、张杰、丁仲礼、张亚平、王恩哥、相里斌、张涛、孙也刚、邓麦村、何岩、邓勇、汪克强同志送来花圈。

中科院老领导：孙鸿烈、余志华、李振声、胡启恒、王佛松、严义、许智宏、陈宜瑜、郭传杰、杨柏龄、江绵恒、王庭大、施尔畏、李静海、方新、詹文龙、李志刚、竺玄送来花圈。

中共江西省委原书记、中共中央原委员万绍芬，江西省省长刘奇，副省长李利等送来花圈。

全国政协提案委副主任、江西省政协原主席傅克诚，全国政协委员、江西省政协原副主任刘上洋，全国政协常委、江西省政协原副主席陈清华等送来花圈。

四川省委书记王东明、四川省委副书记邓小刚送来花圈。

原中共中央总书记胡耀邦之子胡德华、老一辈无产阶级革命家吴玉章的孙女吴本丽、全国政协委员黄梅、联想控股集团董事局主席柳传志等送来花圈。

中国人民解放军原海军政委李耀文，原总后勤部副政委李雪山同志的夫人柏曼卿携子女，原67军军长李湘同志的夫人安淑静携子女，原济南军区68军军长陈坊仁同志夫人辛园携子女等送来花圈。

原北京军区副司令员粟戎生中将、原总后勤部副部长谭悦新、原总装备部装备学院刘建少将、原总参石家庄陆军指挥学院张光东少将、原总参谋部耿小宁少将、原总装备部后勤部政委罗箭少将、原中国人民解放军军事科学院罗援少将、原中国人民解放军防化兵学院副院长李南征、叶剑英元帅的女儿叶向真、徐海东大将女儿徐文惠、肖劲光大将女儿肖凯、傅忠上将之子傅晓钟、赖传珠上将之子赖小鹏、原昆明军区司令员张铚秀之子张卫民等送来花圈。

被誉为"百战将星"戎马生涯四十年，走过二万五千里长征的父亲，怀着对祖国和亲人的爱恋，安然地走了，留给世间的是永不磨灭的功绩。

# 后 记

怀着对父母亲深深的思念,含着眼泪在写完本书最后一个句号的时候,我的心情久久不能平静。父母亲的音容、父母亲的崇高品质、坦荡的胸怀,永远铭记在我心里。我为有这样的父母亲而感到无比自豪。

写父母亲的回忆录是我多年的愿望,为了实现这个愿望,回忆父母亲在各个时期的经历,整理父母亲生前给我讲的重大战役,我专程来到瑞金中央革命根据地、长征第一渡口、太原解放纪念馆、石家庄纪念馆、集宁战役纪念馆、平津战役纪念馆、抗美援朝纪念馆等地采访并收集资料,每到之处,所见所闻,再现了当年浴血奋战的壮观场面。父母亲为新中国的解放事业作出了历史性的贡献,将世世代代载入史册。

1955年,授予父亲少将军衔。父亲先后获得中华人民共和国一级解放勋章，中华人民共和国二级独立自由勋章，中华人民共和国三级八一勋章。1988年，父亲荣获一级红星功勋荣誉章。这是党和人民给予父亲最高的荣誉，也是父亲一生的光辉写照。

我采访了曾经与父亲在建材部工作时的同志，他们说："钟主任，从部队到地方，'文化大革命'时期受到迫害，他忍辱负重，坚持党的方针政策，坚持原则，坚持真理，从不计较个人得失，是党的好干部。"

父亲受迫害到四川基本建设委员会工作，一干就是七年。为四川三线建设作出了贡献。我与当年父亲的秘书熊明潭（已去世）的夫人通了电话，她情绪激动地说："钟主任刚来四川时，就住在招待所，生活非常艰苦，可你父亲都熬过来了，那么大的干部，与群众同甘共苦。"她的话语中，带着对父亲的敬佩。

原中科院监察局副局长高凤春，曾任父亲的秘书，跟随父亲多年，他动情地说："你父亲在机关工作十几年，他高风亮节，德高望重，坚持原则，从不搞特殊化，从不计较个人得失，平易近人，机关上上下下的干部和群众，都非常敬重你父亲。老科学家、科技工作者都十分怀念你父亲。"从

## 后记

高秘书的眼神里流露出对父亲的敬仰之情。父亲为中国科学院的工作呕心沥血，为科技事业作出了重大贡献。

母亲离休后，仍然关心国家大事，活到老，学到老，关心医学事业的发展，为母校"白求恩医科大学"的发展提出自己的见解和倡议，关心改革开放，为基层工作建言献策，发挥余热。

晚年，父亲两次患癌症。在北京医院住院期间，以顽强的毅力，两次成功战胜癌症，创造了生命的奇迹。母亲身患多种疾病，在与病魔抗争的岁月里，以顽强的意志战胜了一个又一个命运的挑战，仍以平和的心态度过每一天。

在本书的写作过程中，得到了四川省档案馆、白求恩医科大学的支持，查阅了大量的有关资料，还有我的姐姐钟娜、钟野丽，她们给我提供了许多宝贵资料，在此表示感谢。

为了不应忘却的怀念——父亲母亲而写此书。

钟　洋

2020 年 10 月于北京